「――勉強を……!!
教えて欲しいのだ……!
リスナーには内緒で
「内緒のお願いとは思えない声量」

TOP ABOUT TALENT GOODS CONTACT
Sora
Prominence
プロミネンス
やや特徴的な喋り方をする事務所の一期生。明るい元気なキャラだが何故かコラボ配信は拒否している。学力王決定戦で花依に相談を持ち掛けてくる。
宇宙
ミステリアスな雰囲気の事務所一期生。プロミネンスとは同期だが今までほぼ絡んだことはない。VTuber活動とは別に花依にとある指導をしている。

TALENT

所属タレント

天使

事務所の0期生で全智の同期。24時間配信の全智とは対照的にほぼ配信活動をしない。ちなみに中の人の正体は——……

「話は聞かせてもらった!!」
――変な生物が二匹出現した。
一人は黒いオドオドした生物で、
一人はやけにワクワクした表情の
赤髪ツインテールの生物。

TS転生した私が所属するVTuber事務所のライバーを全員堕としにいく話 2

恋狸

HJ文庫
1207

口絵・本文イラスト　ほまでり

もくじ

1. プロローグ

TS tensei shita watashi ga shozoku suru VTuber jimusho no liver wo zenin otoshiniiku hanashi

堕《お》とし続けて三千里。

私の飽《あ》くなき欲求は未《いま》だに留《とど》まることを知らない。

「そろそろ好感度管理の時間かな？」

気まぐれで全智《ぜんち》さん宅で一夜を明かした私は、ぼぅっとした思考のままそんなことを呟《つぶや》く。

ちなみに一夜を明かしたことに他意はない。今もグッスリ隣《となり》でふにゃふにゃ言いながら寝《ね》てる全智さんがいようと他意はない。ないと言ったらないのだ。

「はな、より……すぅすぅ」

「朝から尊みがすごい」

寝言《ねごと》で私のことを呟く全智さんは、傍《はた》から見ても勘違《かんちが》いとは思えない程《ほど》に嬉《うれ》しそうだ。

いつか私の理性壊《こわ》れないかな？

このゆるふわ天使が私を全力で惑《まど》わしてくる。

ここ一帯だけ聖域でしょ。付け入る隙《すき》もなく、周り全てを浄化《じょうか》して「てぇてぇ」と叫《さけ》ばせるだけの空間。

私は全智さんの真っ白な髪《かみ》をサラリと撫《な》でる。

私がケアの仕方を教えてから髪質《かみしつ》が目に見えて良くなり始めたんだよね。……ケアの存在を知らない頃《ころ》から非常識なくらい艶々《つやつや》だったケド！

あれは女子全てを敵に回す天然完璧《かんぺき》美。

全智さんの成長は外面内面ともに止まることはない。

それもこれも私が教えたお陰《かげ》……とは自惚《うぬぼ》れだから言わないけども、美少女をスーパー美少女に育成させたのは私だから何か嬉しい。

やっぱり最初から強いモンスターを捕《つか》まえるよりも自分の手で育成して強くする方がやり甲斐《がい》あるしね。それと同じだよ。効率はともかくとして。

「うん、全智さんは頑張《がんば》ってる。偉《えら》い偉い」

「ふみゅ……えへへ」

「――ぐはっ」

はっ！　血反吐《ちへど》を幻視した！

尊み溢《あふ》れる全智さんのはにかみ。

寝ている最中という無防備状態の中で、紛《まぎ》れもなく私だけが見ることを許されている笑《え》顔《がお》は破壊力《はかいりょく》しかない。

周りが美少女だらけだから死なずに済んだけど……危なかった。私も成長しているってことだね！

ん？　成長の方向性が間違《まちが》ってる？

いや、てぇてぇに関することは前に進めば全部成長よ。

「ヤバい。これ以上全智さんの近くにいたら自滅《じめつ》する。全方位てぇてぇカウンター怖《こわ》い」

私はソっと布団《ふとん》から抜《ぬ》け出してリビングへと向かう。

ちなみに配信は勿論《もちろん》ミュート状態である。同じ轍《てつ》は踏《ふ》まん。

そう簡単に私たちの聖域に入ってこられると思うな。

「さて、と。そろそろ好感度管理の時間かな。ん？　二度目じゃない？」

全智さんのてぇてぇ攻撃《こうげき》のせいで記憶《きおく》が曖昧《あいまい》だ。

やっと本題に戻《もど》るけども、堕としてからが本当の勝負だということは何回も言っているはず。

堕としました。はい、終わり。

なんて、そうは問屋が卸《おろ》さない。ギャルゲーじゃあるまいし。

ここはリアルなんだから、堕としたならその先がある。誰《だれ》か一人を贔屓《ひいき》にして他は蔑《ないがし》ろに、なんかすれば堕とした意味がない。

私は！　リアルてぇてぇハーレムを狙《ねら》っている！

……あながち冗談《じょうだん》とも言い切れないいんだよなぁ～。

「そろそろツナちゃんが寂《さび》しがってる頃だろうね」

漆黒剣士《しっこくけんし》ツナマヨ。

そんな厨二《ちゅうに》ネーム満載《まんさい》の、根はコミュ障チョロド陰《いん》キャ。更《さら》に妄想癖《もうそうへき》付き。

私独自の調査で微妙《びみょう》にツンデレも入っていることが分かった。属性多すぎだよね。私も人のこと言えないケド。

「というわけで送信、と」

私はツナちゃんにメッセージを送る……と秒で返ってきた。

「はっや」

花依《はなより》『明日コラボ配信しないー？』

ツナマヨ『ええ、ええ、構いませんとも！　珍《めずら》しく暇《ひま》ですので！』

花依『ツナちゃんはどうせいつも暇でしょ』

―――

食い気味の返答に私は苦笑《くしょう》する。
メッセージなのに焦《あせ》ってるのが丸わかりって、隠《かく》し事《ごと》下手すぎでしょ。
ツナちゃんは存在があざといからね。何か隠してる時は目が上下左右に泳ぐからすぐに分かる。反応がテンプレすぎて笑えるよ。
「およ？」

―――

ツナマヨ『ど、どうですかぁ？　私の家に来てお泊《とま》りオフコラボでもしていいんですよぉ？』

―――

ツナちゃんらしからぬ攻《せ》めたメッセージには微《かす》かに驚《おどろ》いた。

ヘタレ脱却《だつきやく》計画でも始めた？

……まあ、これはチャンスかも。

クラちゃんの一件以来ツナちゃんとオフコラボはしてないし、視聴者《しちようしや》もそろそろ花×ツナを見たがってるよね。

私の欲求を満たすためだけだから、たとえリスナーが見たくなかろうとやるんだケド。

——

花依『え？　良いの？　じゃあ、住所送ってね、行くから』

——

私はそんなメッセージを送ると、ブツリとスマホの電源を切る。

どうせしばらく自爆《じばく》ダメージ食《く》らって動けないだろうから、今のうちに諸々《もろもろ》の準備をしようか。

「ふわぁ……ん、花依おはよう」

「あ、おはようございます、全智さん。珍しく早いんですね」

　トロリとした眠気《ねむけ》溢《あふ》れる眼を擦《こす》りながら起きてきた全智さんは、私の声掛《か》けに一瞬《いっしゅん》言葉に詰《つ》まりながら答えた。

「……花依がいなくなったから」

「……っ」

　微かに羞恥《しゅうち》を堪《こら》えて。私の方をチラチラ見ながら顔を赤くする全智さんに——舌を噛《か》んで耐《た》えた私は無理やり笑《え》みを作る。

「早く起きちゃったので朝ごはんでも作ろうかと思ったんですよ」

「……！　私も手伝う……！」

「そうですね。じゃあ、顔洗って目覚ましてきてください。寝ぼけて火傷《やけど》して全智さんの綺《き》麗《れい》な肌《はだ》に傷なんてついたら一生後悔《こうかい》するので!!　私が」

「う、うん。わかった」

　私の剣幕《けんまく》に気圧《けお》された全智さんは首を傾《かし》げながら洗面所に向かって歩いていく。その様子を見た私は大きく息を吐《は》く。

「いてて……はぁ……危なかった」

　今日は尊み注意報らしい。

　ちょっと気障《きざ》なセリフを吐いて演技に入らなければ、私は余りの尊さに血反吐を吐くところだ。……朝で頭が回ってないのか、普段《ふだん》以上にてぇてぇに耐性《たいせい》がない。あと舌が痛い。

「攻められるのはたまにで良いの。くっ、天然に策略で挑《いど》んでもあんまり効果ないし……」

全智さんを照れさせるなら簡単だけど、その代わりに倍返しになってカウンターを仕掛《しか》けてくる。

タイミングが急だから私の防御《ぼうぎょ》も易々《やすやす》と突破《とっぱ》されてしまう。

「それにしても……本当に料理にハマったんだねぇ」

健康に悪い食生活を止めるためだったけど、思わぬ形で良い誤算になった。朝食くらいなら一人でも用意できるレベルだし。

まだちょっと危なっかしいから見守ってあげなきゃね。……おっと、また母性が。

「花依、花依。目覚めた」

「あはは っ、アピールの仕方独特すぎですよ」

指で輪っかを作って目に当てる全智さん。

どうやら目が覚めた合図らしい。何それ可愛《かわい》い。

当の全智さんは何で笑われているのか理解できない様子で首を傾げている。どうかこのまま純粋無垢《じゅんすいむく》であってくれ。

「さて、今日はお味噌汁《みそしる》と焼き鮭《じゃけ》。あとは消費期限ギリギリの納豆《なっとう》があるので、それ使っ

野菜も食べなさい。

「ちゃいましょうか」

「わかった」

「全智さんはお味噌汁作ってもらっても良いですか？　今回は私の手助け無しで」

「がんばる……！」

ふんすっ、と腕《うで》まくりをして気合いを入れる全智さんに、私は可愛らしいと笑う。空回りしないことを願って注意を払っておこう。

今の全智さんならレシピ通りに作ることは容易《たやす》い。料理する時限定で緊張《きんちょう》しいなところがあるから、そこで失敗しなきゃ大丈夫《だいじょうぶ》かな。

「ふんふふーん♪　お米は炊《た》き終わってるから～。鮭を……蒸《む》し焼き！」

「鮭、蒸すの……？」

「こうすることでパリパリになるんですよ。その前にちょっとした工程を挟《はさ》みますケド」

「そう……」

「後でレシピにまとめますね」

「うん、ありがとう」

「いえいえ」

全智さんは最近特に顔に出やすい。

何を求めてるのか。何をしたいのか。それが私にはすぐ分かってしまう。わがままになって欲《ほ》しいという私の願いが叶《かな》えられてるようで満足満足。

控《ひか》えめだけどねぇ。全智さんはもっと己《おのれ》を出しても良いと思う。

そうして二人でキッチンに立っていると、私は調理完了《かんりょう》。全智さんも不慣れな様子ではあるものの、及第点《きゅうだいてん》どころか満点をあげたくなるお味噌汁を完成させていた。

「お～、上手《うま》くできたじゃないですか」

「自信作っ」

「ふむふむ、味もよし、見た目良し。はい、全智さん。あーん」

「……！　おいしい」

むふー、と胸を張る全智さんが作った味噌汁を味見する。

最早《もはや》気にせず私の使ったスプーンであーんを受ける全智さんは、想像以上の出来に顔をほころばせた。……ちょっと顔赤いね。照れてるのかな？

「さて、次は納豆ですね」

「普通《ふつう》に食べない……？」

「ええ、オクラとネギと醤油《しょうゆ》。これだけで美味《おい》しくなりますよ。ネバネバ好きには垂涎《すいぜん》モノですね。あとは単純にすりおろした大根と混ぜるのもアリです」

「あはは、これも纏《まと》めて渡《わた》しますよ」

「うん……」

「わかっ……た？」

歯切れの悪い返事に私は笑いながら答えた。

まあ、そんな一気に言っても憶《おぼ》えられるわけがない。

どんどん全智さん用のレシピが溜《た》まっていくけど、ちゃんと使ってくれる保証があるから渡す方も嬉しいよね。

納豆レシピは前世の一人暮らしの時に覚えた。

意外とシンプルで美味しいんだよね。健康にも良さそうだし。完全主観だケド。

「花依は物知り」

ポツリと呟かれた声は、どこか羨《うらや》ましさを含《ふく》んでいた。

私はぽんっ、と全智さんの頭に手を置いて笑う。

「こういう知識ってやってるうちに覚えていくんですよ。家事レベル3くらいの全智さんが知らないのは当然です。私の立つ瀬《せ》が無くなりますから。……だから、こうして覚えていきましょう。知らないことを知るって楽しいですよ？」

「うん。それは知ってる。最近はずっと楽しい。花依が教えてくれるからだけじゃない。

私が知ろうとしてるからたのしい」

「ふふっ、それは良かったです。本当に」

心の底から私は嬉しかった。

全智さんの停滞《ていたい》していた時間を動かすことができたから。

変わるきっかけを与《あた》えられたから。

推《お》しの成長を間近で見られたから。


——うーん、最後のが過半数を占《し》めてる気がする！


変わらないな、私は。それで良いんだけどね。

私はパンッと手を叩《たた》いて料理を運ぶ。

「さっ、湿《しめ》っぽい話は止めにして、冷めないうちに朝ごはん食べましょっか！」

「……うん！」

タタッ、と歩幅《ほはば》小さく追いかけてきた全智さんは、見惚《みと》れるほど綺麗な笑みを浮《う》かべていた。

2. ツナちゃんとお泊りオフコラボ！

TS tensei shita watashi ga shozoku suru VTuber jimusho no liver wo zenin otoshiniiku hanashi

事務所の許可も正式に取って発表した私とツナちゃんのお泊りオフコラボは、瞬く間《またたくま》に拡散されて波紋《はもん》を呼んだ。

……まあ、とは言ってもリプライに『てぇてぇ来たァ！』とか『泊《と》まるのか……全智《ぜんち》以外のやつと』的なネタコメントが多かったんだケド。

そりゃ泊まるでしょ。てぇてぇのためだもん。

昨日、全智さん宅を出る時の全智さんの寂しげな表情には心を打たれたし、もう住みたい、とか思っちゃったけれど、甘《あま》やかしすぎても全智さんのためにはならない。

教えたことをすぐに吸収して努力する全智さんには、一人立ちをさせることも大切なのだ。

ただ、孤独《こどく》と独立は全く意味が違《ちが》う。

たとえ全智さんが一人で何でもできるようなスーパーウーマンになったとしても、私はぜっったいに全智さんを一人になんてさせやしない。

——と、ついつい心の中で熱くなっちゃった。

「ふーむ、都内一人暮らしとは聞いてたけど、結構良いところに住んでるじゃん」

ツナちゃんが送ってくれた住所を元に出向くと、そこは全智さん宅程とは言わずとも十分なセキュリティを誇《ほこ》ることで有名なマンションだった。

ま、女の一人暮らしって結構怖いからね。

男はみんなケダモノだ……という意見に対しては、元男として否定したい気持ちはある。でも、勿論全員でなくとも、ごくごく少数の人が悪意を持って行動するのも事実。備えておいて悪いことはない。

……ツナちゃんチョロいから騙《だま》されやすそうだし。

という私の最大な本音は置いておいて、

「よし、今日の私も美少女」

コンパクトで化粧《けしょう》、髪型《かみがた》に乱れがないことを確認《かくにん》して私は自信満々に笑顔で頷《うなず》く。

高校生だから、ガチのメイクをする訳にもいかないし、そもそも私の素材は最高級だから、一番素材の良さを引き出してくれる薄《うす》いメイクのみ。少しリップを塗《ぬ》ってるくらい？

……ほぼスッピンじゃん。

私は常に最高の状態で彼女《かのじょ》たちに触《ふ》れる。

頑張って、努力して……それが私の彼女たちへの向き合い方なんだから。

さてさて、今日の私は髪型を一風変えている。

どんな感じでツナちゃんと接しようかなぁ〜、なんてことを思い、ハーフツインテールにしてみた。

キャラについてはお楽しみに、ってことで。

服装は両方の肩《かた》が出るほど大きく開いている服に、膝上《ひざうえ》のスカート風のパンツ。

露出《ろしゅつ》は多いし寒いけど、それはご愛嬌《あいきょう》ってことで。

服装の乱れも確認して、私はツナちゃんの部屋に向かう。

オフで会うのはちょっと久しぶりかも、と思いながらインターホンを押《お》す――――ガタガタゴトゴト！　と何かが倒《たお》れるような音がした。

「いや、ビビりすぎじゃない？　どうせめっちゃ緊張してるんだろうねぇ」

自分から誘《さそ》ったくせに何だ、と思うかもしれないけど、それがツナちゃんだ。ヘタレで変なとこはあるけど、芯《しん》は強くて優《やさ》しい。

本人には言わないケド。調子に乗りそうだからね。

インターホンを押した一分後くらいに、ガチャリとドアが開く。

「おおお、お、お、おおお、おお、お……!!」

「お？」

オットセイかな？　と思う程に『お』を連呼するツナちゃんは、ダボッとした藍色《あいいろ》のセーターを着て丈の短いデニムを穿《は》いていた。

最初に会った時の服装と比べて随分《ずいぶん》ラフだなぁ、と思いつつ若干《じゃっかん》の色気を感じさせる服装に、私は少なからず関心を抱《いだ》いた。

ツナちゃんの場合は無自覚だからね～。それでいて勝手に劣情《れつじょう》を煽《あお》るんだからたちが悪い。

……ふふ、そんなツナちゃんに細やかな逆襲《ぎゃくしゅう》をプレゼントしてあげよう、という私の気持ちには気づかないだろうね。

と、心の中でほくそ笑んでいると、ようやくツナちゃんは言葉を捻《ひね》り出した。

「おおおお、お、お待ちしていました……！」

「え、あ、うん」

「ど、どうぞ中に！」

「はーい、お邪魔《じゃま》しまーす」

ようやく発した言葉がそれかい。

表情はガチガチだし、これじゃあコラボ以前の問題だよ。

だから私は扉《とびら》を閉めて、手と足を同時に出して歩くツナちゃんを追いかけ、私より身長の高いツナちゃんの耳元に背伸《せの》びして――ふぅ、と息を吹《ふ》きかけた。

「――ひゃぅんっ！　な、何するんですかぁ……!?」

「ツナちゃん、緊張しすぎだって。ここには私とツナちゃんしかいないんだからさ」

「いや、緊張要素しかないんですけどぉ……!?」

「うん、知ってる。でも、いつものビビリだけど謎《なぞ》に大胆不敵《だいたんふてき》なツナちゃんに戻らないと配信できないよ？」

「言い草が酷《ひど》い……！」

事実じゃん。

私は最近、ツナちゃんは実はコミュ力高いんじゃないか、って思い始めたし。しっかり私とクラちゃんと会話のキャッチボールができてるだけで十分でしょ。

まあ、目を合わせようとしたら逸《そ》らすけどさ。

私は顔を真っ赤にするツナちゃんの耳元に再び唇《くちびる》を近づけて――少し甘い、色気を重視した声音《こわね》で、

「私、ツナちゃんのいつもの姿好きだよ」

ビクンっ、と体を震《ふる》わせるツナちゃんに、続いて1／fゆらぎの声で語りかける。

「ほら、落ち着いて。ゆっくり、ゆっくり深呼吸して」

「は、花依《はなより》しゃん……」

私を見つめるツナちゃんの潤《うる》んだ瞳《ひとみ》を見てニヤリと笑う。

「――わっ！」

「ぶわっ⁉」

トロンとしてきた目に危《あや》ういモノを感じた私は、耳元でそれなりのボリュームで叫んだ。元に戻ったツナちゃんは、頬《ほお》を膨《ふく》らませて顔を真っ赤にしながら私を睨《にら》む。うーん、あざとい。

「よわよわなツナちゃんが悪いと思うよ」

「だ、だってぇ……部屋に誰かを呼ぶの初めてなんですよぉ……！　緊張するに決まってるじゃないですかぁ！」

この緊張具合からもしかして？　と思ったけど、やっぱり家に誰かを呼ぶのは初めてなようだ。だからと言って私が手加減する理由にはならないんだケド。

「そっかぁ。私が初めてかぁ。ツナちゃんの初めてかぁ」

「——ぶっ！　ちょっとぉ！　含み持った言い方やめてくださいよぉ！　ええ、そうですよ！　部屋に誰かを呼ぶのはおろか、初めての友達も花依さんとクラシーさんですよ！」

ヤケクソ気味に真っ赤で叫ぶツナちゃんは、言い方はともかく発言は微笑《ほほえ》ましい。

初めての友達、かぁ……。誰かの特別になる、ってなんか嬉しいよね。

「ふふ。じゃあ、その初めてを良い思い出にしないとね。今日は寝かさないよ？」

「全部計算通りじゃないですか、こんちくしょうぅ！」

「冗談だって。寝かさないのは本当だケド」

「——っ⁉」

うーん、やっぱりツナちゃんをからかうのは楽しいなぁ。あざと可愛い反応は私の嗜虐《しぎゃく》成分を大いに補給してくれる。

リスナーへのリップサービスも含めて、私はツナちゃんをからかい赤面させてやろう。

今日の私は——小悪魔《こあくま》系だからね。

☆☆☆

「はい、というわけで皆《みな》さんこんにちは～。肥溜《こえだ》め二期生の花依琥珀《こはく》とー？」

「に、二期生の漆黒剣士《しっこくけんし》ツナマヨです……！　というか私の枠《わく》なんですが！　いつの間にか乗っ取られてる……」

「配信始まってるのにいつまで経《た》っても喋《しゃべ》らないツナちゃんが悪いでしょ」

「うぐっ」
・お泊りオフコラボ来たァァ!!
・否定できないな、それはw
・花依限定でコミュ障が悪化してる件
・つまりは……そういうことだろ
・コメントに残すのは無粋《ぶすい》か
　何か勝手に察せられてるみたいだけど、私もそう思う。そこはツッコむべきじゃないから黙《だま》っておくけど、視聴者にバレるくらいに隠せてないツナちゃんにも問題があると思うんだけど。

　開始早々ノックアウトしたツナちゃんの頭を撫で撫でしつつ、私はニヤリとしながら話す。

「実は配信する前にさ、ツナちゃんの弱点を発見したんだよね」
・弱点しかなくね？
・いや、草
・花依そのものが弱点だよなぁ……w
「私が弱点なのは知ってるけど」

「うえっ⁉」

狼狽《うろた》えるツナちゃんを無視して、私はツナちゃんの耳元に息を吹きかけた。

「――ひゃうっ！」

「この通り、耳が弱点みたいなんだよねぇ。やり過ぎたらちょっと危ないような気がするケド」

ツナちゃん、チョロいから完堕ち超《こ》えてドロッとしちゃいそうなんだよね。完全に依存《いそん》させるのは私の本意ではないから、そこは流石《さすが》に踏み留まらせる。トラブルの元を放置する程私は愚《おろ》かじゃないよ。
・これはセンシティブ
・ツナマヨがまた花依の毒牙《どくが》に……
・弱点知ったところで、活用するの花依しかいないんだよなぁ……w

・てぇてぇの補給はできるけどもｗ

私を恨《うら》めしそうに睨むツナちゃん。

涙目《なみだめ》の姿は、私の嗜虐心を大いに刺激《しげき》してくる。

「そ、そういうのは二人きりの時とか……い、いえ、何でもないですっ！」

ほう……。

私は恥《は》ずかしげに視線を右往左往させるツナちゃんに抱きつく。

色々な柔《やわ》らかさが全身に広がって、ちょうど身長差的に私の顔がツナちゃんの胸にあるような状態になった。

「ひょえ⁉」

「あざとい。あざといよツナちゃん。でも、そういうの好き。ツナちゃんってドSホイホイだよね」

「褒《ほ》められてるのか貶《けな》されてるのか分からないんですけどおおお⁉」

「聞いたら分かるでしょ。貶してるんだよ」

「ダメな方の回答……っ！」

普段私は自分から身体接触《せっしょく》はしない。

最初は、元男としてのなけなしの遠慮《えんりょ》みたいなのがあったからなんだけど、最近はあんまり気にしないようになった気がする。別にベタベタしたいわけじゃないケド。

というか、感情が抑《おさ》えられなくなった時に接触する？　みたいな？　自分でも分からない！
・あざとてぇてぇ
・ツナ虐たすかる
・ドSホイホイは草だけど理解できてしまうw
・とりあえずてぇてぇなのは分かる
「リスナーの語彙《ごい》力が消失する前に本題に移ろうか。ツナちゃん、何かしたいことがあるんだっけ？」

私はツナちゃんから距離《きょり》を取る。

若干名残惜《じゃっかんなごりお》しそうな目で見たり、抱きついていた部位の匂《にお》いを嗅《か》いだりしている変態は置いておいて、私は本題に移ることにした。

……喋らないな、ツナちゃん。

「ねえ、いつまで私の匂い嗅いでるの？　本物が近くにいるんだから残り香に縋《すが》らないの」

「はっ！　す、す、すみません！　別に匂いとかは気にしてませんよ……？　ただちょっと甘くて私には無い良い香りだなぁ、とか思ってませんから！」

「語るに落ちてるじゃん。良いから、き、か、く。私がチャンネル乗っ取っちゃって良いのかな？」

冗談めかして私は笑うけど、ツナちゃんはしょぼんとしている。怒《おこ》ってるわけじゃない。ただ、プライベートと配信とではある程度の分別が必要というだけだ。

ファンがいて成り立つのが配信業。

それはツナちゃんもきっと分かっている。

何かあったのかもしれないけれど、深い悩《なや》みを配信に持ち出すことはツナちゃんもしたくないに違いない。

……後で聞くのは決定事項《じこう》かな。

ツナちゃんが曇《くも》るのは本意ではない。

トントンとツナちゃんの背中を小突《こづ》いて笑いかける。

少しホッとした表情で、ツナちゃんは意気揚々《いきようよう》と話し始めた。

「そ、そうです！　これをやろうと思いまして、ネットで買ったんですよ」

「それは？」

ツナちゃんが謎に自信満々で広げたのは――

「――ツイスターゲームです！」

様々な色で出来た円形と、色の名前のルーレット。

ツイスターゲーム。それは、ルーレットで指定された場所に体の一部を触れさせるゲーム。

二人でもできるそれは、回数を重ねるほど複雑な姿勢を取ることになったり、相手の体の下に手を入れたりしなければならなくなるゲームだ。

所謂《いわゆる》……言葉を取り繕《つくろ》わなければ——美少女たちのくんずほぐれつを楽しむゲームだね。

異論は認める。

……まあ、仲良い男女間……もしくは仲良くなりたい男女間でしたりするケド。家族間もね。

私はふふんっ、と笑みを浮かべるツナちゃんと視線を交《か》わしてニコリと笑う。

その笑みに何を感じたのか、ぱぁと表情を輝《かがや》かせたツナちゃんに向けて私は言った。

容赦《ようしゃ》なく。無慈悲《むじひ》に。

「——うん、ボツ」

「何でですかあああぁぁぁ！！！？？」

・草
・草
・草
・草
「いや、全身3Dじゃないと何してるか分からないし、そもそも規約に触れてBANされる確率高いでしょ？　ツナちゃんなんてあざとい歩くセンシティブなんだから」

「初耳なんですけどぉ!?　何ですかその良くない響《ひび》きでしかないあだ名は!!」

不名誉《ふめいよ》ですよぉ！　と叫ぶツナちゃんをどうどうと落ち着かせつつ、「最初の指摘《してき》は理解できるでしょ」と言えばズーンと落ち込《こ》み始めた。
・まあ、そりゃそうだなw
・声だけってのも楽しめるけど、何してるか分からなかったらな
・あざとい歩くセンシティブは草
・V辞書にこのあだ名載《の》せようぜ
・公式化するか……w
・つかどうやって二人でやるんだよw
「ひこーしき！　ひこーしきですよ！　私は認めませんからね！」

「私が認める。よし、いけ」

「ちょっとぉ！」

「元はと言えば何も考えてないツナちゃんが悪いんだよ？　ツイスターゲームなんてまさに体を動かすゲームをｌｉｖｅ２Ｄでできると思う？」

「うぐぐ……なんか今日の花依さん、辛辣《しんらつ》ですぅ」

あまりやらかさないポカをするからだよ……。

これだから私にポンコツ妹枠扱《わくあつか》いされるんだって。……まあ、可愛くて憎《にく》めないのはツナちゃんオンリーのキャラだケド。ある種才能だと思う。

「雑談枠にしよっか」

「はいぃ……」

沈《しず》んだ様子を見せるツナちゃんだけど、その後の雑談枠では調子を取り戻して、終始私にからかわれる結果になった。

解せぬ、って表情だったけど、それが満更《まんざら》でもなかったことを知っているのは私だけだった。

☆☆☆

雑談でそれなりに時間を消費したから、配信を切ったナウ。ナウってもう使わないっけ。古いか。

それはさておき、私に散々からかわれたツナちゃんは、床《ゆか》の上でのたうち回って悶《もだ》えてる。

うつ伏《ぶ》せになってお尻《しり》を突《つ》き出しながらピクピク痙攣《けいれん》するツナちゃんは、やはりあざとい歩くセンシティブに見合うだけの扇情《せんじょう》さがあった。

こんなことばっかりしてるから私にからかわれるんだよ。

「ほら、ツナちゃん。復活しないとお尻叩《しりたた》くよ」

「もう好きにしてくださぃぃ……」

じゃあ、遠慮なく、といけるほどに私は変態じゃないし、Sである自覚はあるけど行き過ぎた性癖《せいへき》は持ち合わせてないから勘弁《かんべん》。

色々な意味でツナちゃんとは相性《あいしょう》が良いのかもしれない。

「仕方ないなぁ……。とりあえず、台所借りるよ？　ご飯できるまでに復活してよね」

「花依しゃんの手料理……」

「思考回路が復活してないよ、ツナちゃん」

脳死で心の声を呟《つぶや》くマシーンと化しているツナちゃんに軽くツッコむ私。これを配信で披露《ひろう》したら、またてぇてぇって言われるんだろうねぇ。

実際可愛いのが腹立つ。

私は意趣《いしゅ》返しに、ツナちゃんの剥《む》き出しの背中をツゥーとなぞっておいた。

「うひゃい……っ⁉」

これでよし。

私は更《さら》に悶えたツナちゃんを放って台所に向かう。

料理は慣れ、って言うけど、自分の頭の中にあるレシピを工夫《くふう》とかしながら、そこにある分量で組み立てる技術……これができるようになれば苦労はしない。

全智さんがその域に達するにはまだまだだけど、習得スピードは速いから期待してる。って師匠《ししょう》面したり。

「さぁて、まあ、オーソドックスにハンバーグでも良いかな。ツナちゃん童心に返るどころかずっと童心だし」

好きな食べ物もハンバーグ、オムライス、カレーライス、とか言ってたはず。それ自体は全然悪いことではないけど、ツナちゃんが言うと子どもっぽさが全開になる。

ハンバーグは作り手によって味が１８０度変わることもあるし、そもそも料理って一手間かけるかかけないかで美味しさが変わる。

どうせならツナちゃんには喜んでほしいし、全力で作ってあげよう。

でも、そろそろ悶えるのから回復して？

☆☆☆

「美味しいっ、美味しいっ！　美味しいです……っ！」

「うんうん、落ち着いて食べなさい」

「は、箸《はし》が止まらないんですよぉ!!」

掻《か》き込むようにハンバーグにがっつくツナちゃんは、私のハンバーグがお気《き》に召《め》したようで瞳をキラキラさせながら一心不乱に食べている。いや、大袈裟《おおげさ》すぎるでしょ。

その様子をジト目で見ながら箸を動かす私は、ツナちゃんが一段落着いたタイミングで話しかける。

「ねえ、ツナちゃん」

「ふぁい？　なんでふか？」

「……まあいいや。……あのさ、今日、どこか上の空で隠《かく》れてため息吐いてたよね？　あ、怒ってるとかそうじゃなくて、何かあったんでしょ？」

ツナちゃんは、まさか気づかれてるとは思ってなかったのか微《かす》かに目を見開くと、話そうとして口の中にハンバーグが残ってたことを思い出し、もぐもぐゴクリと一呼吸置いて言った。

……食い意地すごいね？

「……花依さんって、細かい感情の機微《きび》には気づきますよねぇ……」

どこか含みのある言い方に首を傾げると、ツナちゃんはジト目で睨むように私を見た。

「怒ってる？」

「そうですよぉ……！　私は怒ってるんです。激怒《げきど》です」

「へぇ、どうして？」

「………………」

茶化《ちゃか》すようにわざとらしく怒《いか》りをアピールするツナちゃん。どこか真意を問い正して欲しくない雰囲気《ふんいき》を感じ取った。

でも、私は緩《ゆる》んだ空気を元に戻《もど》すように、ジッとツナちゃんを見つめて再度問うと、ツナちゃんは口を噤《つぐ》む。

一応真面目なツナちゃんが配信中に上の空になるなんて、相当な悩みを抱《かか》えているはずだ。

仲良しだから。同期だから。てぇてぇのため。

色んな言い訳は思いつくけれど、結局私はツナちゃんが心配だから一線を踏《ふ》み越《こ》えて、ツナちゃんのデリケートな心に触れようとする。

私は一拍《いっぱく》置いて優しい声音で語りかける。

「聞いて欲しくない?」

「……………」

ツナちゃんは無言のまま頷いた。

そっかそっか。聞いて欲しくないのか。うん。

私はニヤリと笑う。

「ねえ、ツナちゃん。私ってお節介《せっかい》なんだよ?」

「……あ」

ツナちゃんも思い出したのか、ハッとして私を見た。

いつの日か、私がクラちゃんのことで悩んでることに気がついたツナちゃんが言った言葉。

私はお節介だ、って。でもそれで良いんだ、ってツナちゃんが言った。だから私は好き勝手にお節介しようって思えた。

「ツナちゃんや。自分で言った言葉が跳《は》ね返ってきた時の気持ちを140字以内で述べよ」

「ツニッターの文字数制限……⁉　この状況《じょうきょう》において出る言葉じゃありませんよねぇ⁉

もうちょっと……！　優しく労《ねぎら》ってくれるような言葉ではなく……っ⁉」

「ほら、良い加減シリアスパートもやりすぎたし」

「謎の配慮《はいりょ》を私に発揮して欲しかったですよぉ‼」

いつもの様子でツッコミを入れるツナちゃんに笑うと、どこか吹っ切れたようなツナちゃんの表情が視界に入った。

どうやら私の言葉はツナちゃんに届いたらしい。……私の言葉っていうか、ツナちゃんが自分で言ったことが後々高速ブーメランで跳ね返ってきただけだケド。

あざやかなフラグ回収はさすがとしか言いようがない。ツナ虐は一般性癖《いっぱんせいへき》だね、うん。

「それで……？」

「うっ……。そ、そのぉ……。い、言いますよ！　言いますからニヤニヤして私を見ないでくださいよぉ！」

「分かった分かった。真面目に聞くから」

「い、いえ、真面目に聞かれるのも後々羞恥心《しゅうちしん》的なアレに苦しまされると言いますか……！」

うーん、本当に真面目でシリアスな内容かと思ったら、ツナちゃんの反応的にもどうも違うような気がする。

思《おも》い詰《つ》めるんだから、悩んではいるんだろうけど……。

私はニコリと話を促《うなが》す。

ツナちゃんは観念してポツポツと話し始めた。

「そのぉ……。寂《さび》しかったんですよ。時々配信でコラボはしますけど、0期生の全智先輩《せんぱい》みたいに家にお邪魔するような関係じゃあありませんし……。花依さんは優しいです。でも、その優しさが時々辛《つら》くなるんです。優しくされる度に、私はつけあがってもっと、もっと仲良くなりたい、って思っちゃうんです。ほ、ほら!! 花依さんって好感度管理上手いですし、そこまで文句はありませんよ!? でも、もっと私とのてぇてぇが必要なんじゃないかな、って思った次第《しだい》であります！　はい!!」

ツナちゃんらしくない元気な締《し》めに私は苦笑《くしょう》する。

噛《か》み砕《くだ》いてみれば、若干の嫉妬《しっと》と微量《びりょう》の湿気《しっけ》。誤魔化《ごまか》しと照れ。そこに交じる確かな本音。

「そっか。ごめんね。ツナちゃんの好感度を測り間違《まちが》えてたよ」

「言い方ぁ……っ!!」

「ごめんって。ツナちゃんが私を好きなのは分かったけど、私だって普段《ふだん》言わないだけでツナちゃんのこと好きなんだよ？　配信関係なくさ」

「……そ、そうですか」

明らかに羞恥《しゅうち》と嬉《うれ》しさの混じった表情のまま、真っ赤に染まった頬で呟くツナちゃん。あざとい。

私はツナちゃんの両手を握《にぎ》りながら笑う。

「良いんだよ別に。クソデカ感情を私にぶつけたって。言わない方がストレス溜まるだろうし、私だって言われなきゃ気が付かない。悶々《もんもん》とするなら私に要望を叩きつけてよ。私のてぇてぇに賭《か》けて実現させてみせるから」

「……ぬぐぅ……くぅ……ズルい……っ」

ツナちゃんの真っ赤な頬が燃えるようにさらに赤くなる。

必死に耐《た》えるツナちゃんに、私はあらん限りの美少女フェイスの力で見つめる。

「ぬぐぐ……ぐぐ」

見つめる。

「ううぅ……」

見つめる。

「……うわぁぅ」

見つめる。

「――きゅう」

よし、堕《お》ちた。

私の見つめる攻撃《こうげき》に気絶したツナちゃん。

きっと次起きた時には、自分の行動言動その他諸々《もろもろ》に悶えるであろうことは予測できる。

どうも根本的な解決には至ってないような気がするけど、時々ガス抜《ぬ》きさせてあげたら、まあ大丈夫《だいじょうぶ》でしょ。

「とりあえずミッションコンプリート」

3. 学力王決定戦、始動

「学力王決定戦、ですか?」

『ええ、そうです。一期生も含《ふく》めた箱コラボですね。全智《ぜんち》さんは厳しいと思いますが……そちらは別件にて対応を予定しています』

ツナちゃんとのお泊《とま》りから一夜明けた今日、マネージャーから突然《とつぜん》電話がかかってきた。

どうやら、肥溜めで初となる箱コラボを予定しているらしい。

そこまで人数が多くなかったからできなかった、という点もあるけど、一番の理由は癖《くせ》の強い人をまとめることができないから。多分それが一番の理由かな?

と、なると……。

「私が司会をするって形ですかね?」

『はい、花依《はなより》さんには是非《ぜひ》司会を担当していただきたいです。……デビューして二ヶ月の新人に頼《たの》むことではないと思いますが、上手《うま》く場を回せる人材がいないので……』

「あぁ、まあそうですよね」

マネージャーの申し訳なさそうな声音に、私は苦笑しつつ頷いた。理解の範疇《はんちゅう》ではあるが、新人に箱コラボの司会を頼むのは異例のことではあると思う。

例えば、前職である程度の社会経験を積んでいる人や、ＶＴｕｂｅｒをする前……所謂、前世で配信者としての経験があるのなら、新人に任せることもあるとは思う。

でも、私は一応、何の経験もない女子高生だ。

それもあってマネージャーは申し訳ない気持ちを抱えているんだと思う。私の場合は文字通り、本当の前世があるから良いんだけどね……。

『企画《きかく》関連を花依さん頼《だよ》りにしてしまっていることは、こちらとしても不甲斐《ふがい》なさを実感しています。ですが、今回はどうかお引き受けいただけないでしょうか……？』

「別に司会をすることは全然構いませんよ。それに、運営さんにはコラボを主軸《しゅじく》とした私の配信スタイルにも無理を強《し》いていますから、少しでもお役に立てるなら。それに、コラボの経験値を上げることもできますし、私にとっても利がある話ですよ？」

『そう言っていただけると助かります……』

「それに」

私はそこで一旦《いったん》溜めを作ってニヤリと笑《え》みを浮《う》かべる。

「マネージャーさんには、クラちゃんの件でお世話になりましたからね～。個人的にも恩を返せるチャンスですから」

電話越《ご》しでも、私がニヤけた笑みであることが分かっているのか、マネージャーは『ふふ』と小さく笑って言う。

『正直、あの件で上に叱《しか》られたりしましたけど、無理を通して良かったですよ』

「あはは、それはすみませんでした。また何かあったら遠慮なく頼みます!!」

『今度こそクビになるので程々《ほどほど》でお願いします』

そんな会話をしながら、私は改めて司会の件を了承《りょうしょう》して電話を切った。

「良いマネージャーさんだなぁ」

無理を通してでも、演者の希望に添《そ》う。

マネージャーとしては確かに満点だ。媚《こ》びを売るわけでも、恩を売りたいわけでもないことは話をしていれば分かる。

純粋《じゅんすい》な善意と主観的な肩入《かたい》れ。

あぁ、社会人としては減点対象なんだろうね。

私もマネージャーも、事務所に所属している以上、社会的なしがらみは確実に発生する。

平然と断ち切るマネージャーと私には、上の胃を痛めてる可能性もある。

けれど、私はそんなマネージャーのことが嫌《きら》いではない。

それは、たとえクラちゃんの件を断られていたとしても変わらないことだ。

「私はつくづく人に恵《めぐ》まれてる」

今ある幸せは、沢山《たくさん》の人によってなし得てる。

それを認めるにはちょっと癪《しゃく》な人もいるケド。

「成功させなきゃいけない……けど」

一期生って、私が言うのも何だけど、癖が強いんだよねぇ……。

鉄の女史、宇宙《そら》。

敬語系のクールちゃん。

配信内容は、丁寧《ていねい》な口調とは裏腹にクソゲーばっかやってるし、開発もしてる。

……まあ、知り合いだから対面することに不安はないけど、堕とすのは容易じゃない。

もう一人の一期生。

【太陽】の異名を持つプロミネンス。

その名の通り、底抜《そこぬ》けに明るい性格と特徴的《とくちょうてき》な笑い声。さらには「～なのだ！」という特殊《とくしゅ》な語尾《ごび》に一人称《いちにんしょう》は「我《われ》」。

そして、自分では賢《かしこ》いように装《よそお》っておきながらも実態はかなりのポンコツ系アホであり、リスナー全員がそれに気づいていることに本人だけは気づいていないという天然さもある。

クールな宇宙さんとは対照的な明るい性格のプロミネンスさんは、前世でも人気の高いVTuberだった。

ゲーム実況《じっきょう》のリアクションとか、あまりに元気すぎて音割れを引き起こすなど、切り抜きしやすい点も人気に拍車《はくしゃ》をかけていた。

「でも、プロミネンスさんは……」

彼女《かのじょ》は勿論《もちろん》この時代における人気VTuberで、ファンからの印象もとても良かった。

だけど、明るい性格とは裏腹に極端《きょくたん》にコラボが少ないという問題があった。

そのこと自体はそこまで問題ではない。

私のような「ほぼほぼコラボです！　堕とすためです！」みたいなイカれた人類のほうが珍《めずら》しいし、逆に一切《いっさい》コラボをせずに閉鎖的環境《へいさてきかんきょう》で配信をちまちまするVTuberもいるにはいる。

けれど、プロミネンスは前述の通り明るい性格でコラボにも前向きな姿勢を見せていたのだ。

それでも行われないコラボには、ネット上で「不仲なんじゃね？」などといった憶測《おくそく》が飛び交っていたのを憶《おぼ》えている。

「まあ、あくまで憶測だからね～」

憶測ではある。けれども、何かプロミネンスさんにコラボを躊躇《ためら》わせる憂慮《ゆうりよ》があるのなら。

それを少しでも取り払《はら》いたいと思うのは、肥溜めの後輩《こうはい》として当然なんじゃないかな？

「何にせよ、成功させるしかないね」

まずはそこから。

学力王決定戦。

不安もあるし、確かめなきゃいけないこともある。

それ以上に、私が好きだったＶＴｕｂｅｒたちが一挙に集まって企画を行う。

嬉しさもある。興奮もある。

――私がすることは単純明快だよ？

「堕とす」

☆☆☆

「はいどうも花依でーす。告知があるからソロ配信してみた」

・ソロ配信は……一ヶ月ぶりくらいか？
・最早《もはや》挨拶《あいさつ》が適当w
・花依で通りすぎたせいで、下の名前が消えとる
・告知……ふむ
・コラボで慣れてるから変な感じするな
まあ、本当に久しぶりだからね。

しばらくは二期生でコラボしたり、全智さんとのオフコラボばかりだったたし。

配信ペースも私の場合はそこまで多くない。コラボ相手の都合もあるし、コラボをする時には一応事務所通さなきゃいけないし。

所謂大人の事情ってやつだ。

「折角《せっかく》ソロ配信したんだし、告知だけで終わるのは嫌《いや》でしょ？　そんなわけで、溜《た》まりに溜まった質問箱に回答していくよ～」

配信の話題がない時はこれに尽《つ》きる。

質問箱。リスナーが質問を投稿《とうこう》して、配信者がそれに答えるという単純明快なシステム。

もちろん、変な話題とかコンプライアンスに違反《いはん》してる質問は弾《はじ》いてるけど、それを突き破ってギリギリ攻《せ》めてる面白《おもしろ》い猛者《もさ》もいるから見ていて飽《あ》きない。

・質問箱か。普通《ふつう》の配信者っぽいな
・普通の配信者じゃなかったら何だよｗｗｗ
・てぇてぇに全て賭けてる奴《やつ》が普通とかｗ
・スペックも普通じゃないいんだよなぁ
まあ、私のスペックは地の才能と養殖《ようしょく》だからね。

声の性質とか、持って生まれた才能ってのは絶対に存在するし、変えられないことではある。

けれども、それをどれだけ昇華《しょうか》させられるか。

自分ではデメリットだと思ってることも、視点を変えればメリットになるかもしれない。

そんな思考で私は常に努力してきた。

養殖は養殖でも高級養殖……みたいな？

「普通じゃない自覚はあるよ？　リスナーの想像できる価値観を共有したところで飽きちゃうからねぇ。私は常にみんなの上を行きたい。いや、行く！」
・上昇《じょうしょう》志向やな
・こういう思考は見習いたい
・行動は見習えない定期

・つよい

「そんなわけで、どんどん質問に答えるよ〜」

私はパソコンを操作して、質問を表示させる。

もちろん、変な質問が出てこないように、事前に答える質問を選んでる。これだけ頑張《がんば》ったのにBANされるとか報《むく》われないからね。

さて、最初の質問がこれ。

誰《だれ》が本命ですか？

「私が本命以外を堕とそうとしているとでも……？」

・草

・草

・それはそうw

・全員、って言ってるからなw

・常日頃《つねひごろ》からオープンに公言してんのと一緒《いっしょ》
「中途半端《ちゅうとはんぱ》な気持ちで堕とそうとしたことなんて一度もないよ。本命も何も関係ない。私が堕としたい、って思えるから堕としてるだけ。誰が？　って言われたら、全員、って答えるしかないよね」

それは私が立てた覚悟《かくご》に背《そむ》くことになるし、相手にも失礼。

そもそも本気で堕とそうとしなきゃ堕ちない。そんなチョロいライバーは、肥溜《こえだ》めにはいない！

……ツナちゃんを除いていない！

ツナちゃんもクラちゃんも、全智さんもまだ見ぬ皆《みな》も、私は全てを堕とす。覚悟は決まってるさ。

「はい、愚問《ぐもん》だったね。次っ！」


――花×全推《お》しです。

花×クラ推しと喧嘩《けんか》してしまいました。どうすれば仲直りできますか？

――

「箱推《はこお》しになれば良いんじゃない？」
・草
・軽々しく推し変《へん》を勧《すす》めるなw
・全員好きになれば解決、ってそれは花依特有の思考回路だろw
・お前も来いよ……箱推しの世界へ。平和だぞ
誰を推すかは人それぞれだし、好き嫌いだってあるのは仕方ない。推しが理由で喧嘩したなら、箱推しするか人の推しをバカにしないように心がければ解決すると思うけどな。
「さて、次」

―――
トマト
―――

「美味《おい》しいよね。次」
・クソ質問で草
・なんでそれ選んだんだよw

・トマトオンリーは草

てぇてぇエピソードをください。

――

　てぇてぇエピソードかぁ……。
　うーん、何かあったっけなぁ。
「全智さんとの話は筒抜《つつぬ》けだし……。あ、ツナちゃんとお泊りした時に、朝起きたら抱《だ》きついて寝《ね》てた、って話でもする？　もしくは、迷子になって半泣きしてたクラちゃんの話とか？」
・全部聞きてぇw
・内容が濃《こ》い
・何してんねんクラシー
・てぇてぇ
・てぇてぇ

聞きたいんだ。
別に日常の中での出来事だから、さして話題に取り上げることでもないと思うんだケド。
スキンシップもこれだけ女子として過ごせば慣れるし、私からはあんまりしないけど、抱きつかれたりすることも多い。

一々それで騒《さわ》ぐ百合厨《ゆりちゅう》なんて——

——佐々木《ささき》。君しかいない。

あのイケメンはさておき、需要《じゅよう》があるなら話すまで。
「そんな長い話じゃないんだけど、ツナちゃんの出来事は、単純に一緒の布団《ふとん》で寝ただけだよ？　客間は寒かったし、顔真っ赤にして『い、一緒に寝ます……!?　……か？』とか言うもんだから。緊張《きんちょう》してカチカチになってたツナちゃんを置いてさっさと寝たよね。で、気づいたらツナちゃんのおっぱいに埋《う》もれてた。以上」
・オチが雑だけどてぇてぇ
・なんかその様子が見えるわｗｗｗ

・てぇてぇな
・これ、ツナマヨの方が身長高いのてぇてぇだよな
・気弱ネタ枠《わく》コミュ障の方が身長高いのエモい
・てぇてぇ
・さらっと声で本人再現しないでもろて

何やらコメント欄が盛り上がってきた。

需要と供給の関係が上手く満たせたらしい。

私と誰かの絡《から》みがあれば何でも良いんじゃないの？　とか思ってきたよ、最早《もはや》。

「それで、クラちゃんの話ね。普通に行きつけの喫茶店《きっさてん》に行こうとしてたら、見覚えのある人がいるもんだから驚《おどろ》いてさ。そしたら案の定道に迷ったみたいでフラフラしてた半泣きのクラちゃんがいたの。携帯握《けいたいにぎ》り締めながら誰かに電話かけたみたいなんだけど、その瞬間《しゅんかん》私の携帯《けいたい》鳴ったよね。で、話しながら近づいて耳元で囁《ささや》いたら崩《くず》れ落ちてた。あとは一緒に喫茶店でお茶して帰ったよ」

・てぇてぇわ
・これで百年頑張れる
・どんだけ方向音痴《おんち》なんだよw

・クラシーも何だかんだネタ枠
・ピンチになった時に花依に電話するのてぇてぇわ
・半泣きなのポイント高い
・花依がいる、って分かってるから少しだけ心に余裕《よゆう》があるてぇてぇ
・素晴らしきてぇてぇ
・当たり前のように耳攻めするなw
再び盛り上がるコメント欄。

私はふむ、と頷《うなず》きながら、私とリスナーの認識《にんしき》の差を理解した。

私にとって何気なくても、リスナーからしたらてぇてぇ判定になるんだね。所謂《いわゆる》日常てぇてぇってやつかな？

全智さんと触《ふ》れ合いすぎててぇてぇの価値観バグってたかも。

だって、全智さんなんて全自動てぇてぇ製造機だからね。
・漆黒剣士《しっこくけんし》ツナマヨ『そんな事実ないですぅ……！』
・クラシー『忘れてちょうだい』
・二期生もよう見とる
・顔真っ赤にしてるの見えたw

・配信てぇてぇやな
・何でもありやんｗ
「あはは、勝手に話してごめんね～。――と、そろそろいい時間だね」

色々と話していたら、配信予定時間を越しそうになっていた。長々やると同接減るし、告知をしようかな。

「じゃあ、告知するね」

私はパソコンを操作して、配信画面にドドーンと『学力王決定戦』とデカく書かれてある画像を映し出す。

「二週間後に、肥溜め初となる箱コラボの学力王決定戦が公開されます！　臨場感を演出するために、生配信で行う予定です！　欠席者二名！　天使さんは音沙汰《おとさた》なし！　全智さんは、別枠《べつわく》で実況をしてもらう予定です！」

私の告知と同時に公式サイトでも告知されるようになっている。

すでに私以外の参加者は同意済みで、マネージャー間で打ち合わせというか概要《がいよう》を説明されている。

天使さんが来ることはあり得ないとして、全智さんが企画に前のめりなのは驚いた。参加しないにしろ実況。しかも、自分から打診《だしん》したらしい。

私、全智さんの成長に涙腺崩壊《るいせんほうかい》しそう。

・うおおおおおぉぉ!!
・箱コラボきたァァァァァ!!
・楽しみすぎる!!
・神回やん……
・これを生配信でやるのかｗｗｗ
・天使は……うん、無理やな
・全智実況ってマ!?
・我関せずの姿勢だった全智が……

コメント欄の盛り上がりも最高潮で、多分一時間後にはツニッターでトレンド入りも果たしているに違《ちが》いない。

かつてない規模で行う大イベント。

絶対に成功させてみせる。

私が愛した肥溜めのＶＴｕｂｅｒたちとともに。

間章

リア友も堕としたい（ガチ）

今でこそ女子高生とＶＴｕｂｅｒの二足のわらじ状態の私だけど、学生の本分は勉強だ。

学生には何がある。

そう——テストがある！

「とは言え、人生２回目だからそんなに苦労はしないケド」

勿論高校生の時の記憶《きおく》は曖昧《あいまい》だから、忘れてる部分も多い。というかほぼ忘れてる。

でも、私は養殖ハイスペック。当然、勉学に関しては身につけるべき教養として、大抵《たいてい》のジャンルは修めた。

今から共通テスト受けても八割は取れるかな？

本気で一心で努力してる人には当然勝てないけど、日常の定期テストで困らないレベルでは予習復習は欠かしていない。

――まあ、それは私だけの話で。


「蓮華《れんげ》ぇぇ……助けてぇ……」

「さすがに数学の小テスト八点はヤバいと思うよ」

「そんなこと私が一番分かってるつーの！」

「まあまあ落ち着いて。教えてあげるから」

「神様仏様蓮華様！」

調子の良いことを言う、自称普通《じしょうふつう》女子こと川内《かわない》。

私がVTuberをしていることを知らないリアルでの友達である。

最近やけに私の悪戯《いたずら》心をくすぐるようなことばかり言うせいで、本気で堕とすか迷ってる。

「別に勉強を教えることが苦なわけじゃないケド。川内だって学校の図書室でするの嫌でしょ？」

「なんか勉強してる、って感じがして嫌だわ」

「勉強するんだよ。んー……ま、いいか。家来る？」

「――へ？」

川内がピタリと動きを止めた。

驚きと微《かす》かに喜色の混じった表情をする川内に首を傾《かし》げる私だったが、確かに家に誘《さそ》ったのは初めてだったかもしれない。

特に面白いモノがあるわけでもないし外で遊べば良いじゃん、としか思っていなかったのが主な原因かな。

「どう？　嫌だ？」

「いやいやいや、まさか！　行く！　絶対行くから!!」

身を乗り出して興奮気味に参加を伝える川内。

思ったより激しい意思表明に「お、おう」とビビる私。別に来たところで何もないけどね……。勉強するだけだから良いんだケド。

「そっか。じゃあ、早速《さっそく》今日の放課後に来る？」

「おっけー。蓮華の家楽しみだなぁ」

「言っておくけど勉強のためだからね？」

「分かってるって」

絶対分かってないでしょ。

勉強よりも私の家に思考がシフトしてるのが明らかに分かる。

興味を示してくれるのは嬉しいけれど、ここまで大喜びさせてしまったらぬか喜びにならないか心配になるけどね。

やったぜ、と喜ぶ川内を尻目《しりめ》に、ふと悪戯心が湧《わ》いた私は、ニヤリと口角を上げて後ろに座《すわ》っていた佐々木《ささき》に声をかけた。

「佐々木も来る？」

「行くわけないだろバカなのか？　……あ、ごめん。その、俺《おれ》をダシに使うのは別に良いし……というか最高……じゃなくて、じゃんじゃん使ってくれても良いんだけど、行ったら俺は確実に自分が許せなくなって詰むから行かない。女子会に男はいらないだろ？」

「うーん、これぞガチ勢クオリティ」

明らかに後者が後付けの理由だよね。

妄想《もうそう》で百合《ゆり》カップリングを構築してそうな百合スキーが言うと説得力がすごいね。

……当初の思惑《おもわく》通りに川内が不機嫌《ふきげん》にほっぺを膨《ふく》らませてるから良しとしよう。

「かーわない。冗談《じょうだん》だって。……ふふ、焦《あせ》った？」

してやったり、と笑う私に、川内は微かに顔を赤くしてバシバシと背中を叩《たた》き始める。

「さ、最近の蓮華って、なんか攻めっ気強くない!?　私の心臓のこと考えてくれね？」

「むり。学校に来てる理由の六割が川内だから」

「そーゆこと平気で言わないでもらっても良いですかね！　あと、六割って微妙《びみょう》！」

照れる川内からしか取れない栄養素がある。

私的には友達の範疇での言動と行動なんだけど、そろそろ堕としにシフトしたくなってきた。末期症状《しょうじょう》かもしれない。

何だろう……私ってSなのかな？　間違いなくそうかもしれないけど、改めて自分から自覚した方がやりやすいこともある。

友達として見られなくなってきた。

甘《あま》くててぇてぇ言葉かもしれないけど、実態は私の欲求が抑《おさ》えられなくなってきただけの話。……自重したほうが良いのかな？

あと欲求が抑えられていない君。

おい、佐々木だよ。鼻血出すんじゃない。

☆☆☆

Ｓｉｄｅ　川内

なんか良い匂《にお》いがする……。

初めて入った親友の家は、とっても良い匂いがしました……って流石《さすが》にこの思考は変態すぎる！

「どうしたの？」

「い、いや、何でもないヨ？」

ブンブンと頭を大げさに振《ふ》って煩悩《ぼんのう》を払う私に、蓮華が訝《いぶか》しげな目で見てくる。

こんな変態チックな思考が蓮華にバレたら……いや案外許容してくれそうだな。なんだこの大天使。

まあそんなことはともかく、自分が緊張していることは明白だった。

間違いなく私は蓮華と親友と言えるべき関係性を築いていると思う。……こう堂々と言うのはじみーに恥《は》ずかしいけどさ。

けれども一歩引いてるというか、互《たが》いのパーソナルスペースには人一倍敏感《びんかん》で、外に遊びに行ったりすることは多々あれど、パーソナルスペースの最奥《さいおう》とも言える自宅に招き入れることは無かった。

これは別に信用してないから…なんつーことは勿論ない。あるわけない。

信用、信頼《しんらい》してるからこそ私は踏《ふ》み込《こ》まなかったのだ。

「出会ったばかりの蓮華ってさ、ガード固かったよね」

「ん～？　今も固いつもりだけどね」

「あっ、いやそうじゃなくて。誰にでも分け隔《へだ》てなく優《やさ》しかったけど……何ていうか踏み込ませない雰囲気《ふんいき》？　みたいなのがあった的な？」

「――へぇ。分かってたんだ」

私としては単なる確認《かくにん》だったはずが、蓮華の琴線《きんせん》に触れたのかニコリと言うよりニヤリと言ったほうが正しい笑みになった。

え、なんか怖《こわ》いんだけど何か変なこと言ったっけ？

「その雰囲気が分かってたのにどうして話しかけに来てくれたの？　川内は」

「え、友達になりたいからじゃん。それ以外なくない？　拒絶《きょぜつ》されたらまあ仕方ないけど」

「本当に堕とそうかなこの人……」

ボソッと蓮華が何か言った気がするが、何処《どこ》となく雰囲気が怖いので触れないでおこう。触《さわ》らぬ美少女に祟《たた》り無しってね。知らんけど。

「まあ、そのお陰《かげ》で川内と親友になれたわけだし。いつもありがとね」

──改まったようにお礼を言う蓮華の笑みは、思わず見惚《みと》れてしまうほどに可憐《かれん》で美しかった。

「お、おう、任せんさい」

頬《ほお》が赤くなってるのが自分でも分かるけど、私はそれを隠《かく》すように大袈裟《おおげさ》に見栄《みえ》を張ってみせた。

くっ……こんな美少女の笑みに照れないやつはいないだろ！　……あー……一人いる、か……あのイケメン……まー、あいつはノーカン。

☆☆☆

「わっかんねぇ～!!」

「こんなとこで躓《つまず》いてたら期末試験どうするのさ」

「んなこと言われたって難しいものは難しいし──」

──近いんだよッッ!!

別に勉強教えるのに隣《となり》の超近距離《ちょうきんきょり》で教える必要ないでしょ!!　お陰で思春期男子みたいな思考にならざるを得ないんだが??

いや私は悪くない。この惑《まど》わしてくる親友が悪い。

左利《ひだりき》きの私が原因で、肘《ひじ》になんか柔《やわ》らかいものが当たってたって知らない!

「ちょ、近くね?」

「ん〜、そう?　……あ、もしかして照れてる?」

「——照れるに決まってんだろうがよォ!」

「あ、そこは包み隠さないんだ」

ニヤニヤとこちらを煽《あお》ってくる笑みに、私は思わず天に向かって咆哮《ほうこう》する。

この親友は一々私の琴線に触れる悪戯ばっかり仕掛《しか》けてきやがる。そして慌《あわ》てる私の反応を見てほくそ笑むのだ。

これだけ切り取ったらドSで誑《たぶら》かしてくるクズのように思えるかもしれないけど、蓮華の場合ラインの見極《みきわ》めが絶妙《ぜつみょう》に上手《うま》くて、私が嫌がるようなことは絶対しない。むしろ嬉《うれ》し——おーっと落ち着けよ私。ストップこの思考。

「ま、丁度集中が途《と》切《ぎ》れる頃《ころ》だろうしご飯にしよっか。昨日の余り物レンチンするだけだ

ケド」

「もうそんな時間か……」

外を見ると、すでに日が沈《しず》んでいた。

どうやら意外と私は勉強に集中できていたみたいだ。……もしもこれも蓮華の計算のうちだったら……い、いやさすがにないでしょ、うん。

そんな陰謀論《いんぼう》じみた思考は、湯気のたつ料理の数々を持ってきた蓮華の姿を見て消えた。

まさか家に行くだけじゃなくて夕食までご馳走《ちそう》になるとは……本当に何でもできるなこの親友！

「うわ、美味しそう！」

並べられた料理は、ご飯に豆腐《とうふ》とネギの味噌汁《みそしる》。筑前煮《ちくぜんに》に小松菜のお浸《ひた》し、卵焼《たまごや》きだった。

「本当は鯖《さば》でも焼こうと思ったんだけど、さすがに今から焼いたら時間かかるからね～」

「いやいやいや十分すぎるって！」

余り物でごめんね、とか言えるレベルちゃうやんけ……。主婦に喧嘩売ってんぞおい。

料理が苦手な私からしたら筑前煮ってどうやって作んの？　ってレベルだからね！

「「いただきます」」

早速食べるぞと手を合わせる私たち。

そこでふと思いついたこと。それは、普段《ふだん》蓮華にしてやられている仕返しだった。

私は心の中でニヤリとしつつ、箸《はし》で筑前煮の鶏肉《とりにく》を掴《つか》んで差し出した。

「はい、あーーん」

「ん、ありがと」


——パクリ、と差し出した鶏肉はあっという間に蓮華の口に吸《す》い込まれた。


こ、こいつ！　微塵《みじん》も照れやしねぇ！

愕然《がくぜん》とする私に、蓮華はクスリと笑った。

「私の土俵で戦っても無駄《むだ》だよ～」

「確かにする側だもんな……ちくしょう」

残ったのは悔《くや》しさと蓮華が咥《くわ》えた箸のみ。……これって間接キスだよね？　……あぁ、待て待て！　さすがにそれは思春期すぎるって！

あ、あれ？　前まではそんな細かいこと気にしてなかったんだけどなぁ……。


——友達として見られなくなってきたんだけど⁉

告知してから日が空いてるとは言え、演者側である私達がすることは膨大《ぼうだい》だ。

何せ、初めての箱内コラボ。

所属人数は他箱に比べたらそこまででもない代わりに、あの癖《くせ》の強さ。私が全てまとめてやる！　って言えたら良かったんだけど、流石にそこまで自惚《うぬぼ》れてない。

「う〜ん、一対一なら特効ある方だと思うけど、箱内コラボ……自信がないわけじゃないけどちょっと不安かもね」

失敗は許されない。

だからこそ私は全霊《ぜんれい》を捧《ささ》げる。

……でも、楽しく、楽しめるように。そこは履《は》き違えたらダメ。

演者が楽しくなくて惰性《だせい》でやっていることは、リスナーの目には一目瞭然《いちもくりょうぜん》だ。バレなければ良い、じゃない。無理して楽しむ、じゃない。

心の底から楽しませる。

それは私の役目でもあり、みんなと共有したいことでもある。

「よしっ、打ち合わせ行こうかな」

今日は一期生との顔合わせ兼《けん》打ち合わせ。

とは言っても、この段階で詳細《しょうさい》を詰《つ》めることはしない。顔合わせという名の交流会だとマネージャーが言っていた。

まあ、初の大型コラボだし、そもそも初対面。

最初から仲良く仕事の話なんかできるわけないよね。

「例の人とまだ見ぬ一期生。会うのが楽しみだなぁ」

ようやく堕《お》とす対象を一期生にシフトすることができる。私が憧《あこが》れ、画面でしか見ることができなかった存在。

一期生との邂逅《かいこう》は近い。

☆☆☆

「クラちゃん、そっちは違う。相変わらず方向音痴だね」

「仕方ないでしょう。分からないのだから」

「頼《たよ》ってくれるようになったのは嬉《うれ》しいけど、かなり他力本願だねぇ……」

「だって、助けてくれるんでしょう？」

「まあ、そうだけど」

堂々と言い放ったクラちゃんに感心しつつ苦笑《くしょう》する私。

前回同様、道に迷ったクラちゃんを回収することから打ち合わせが始まった。遠足は目的地に到着《とうちゃく》する前が大変だよね。それと一緒。

さっきの話だけど、私を頼ってくれるのは喜ばしいことだ。頼ることを覚えたクラちゃんに不安感はないし、私としても役得だし。

でも、

「手繋《つな》ぎはないんじゃない？　はぐれないためなのは分かるケド」

「あら、嫌《いや》なの？」

ふふ、とまるで分かってると言わんばかりに微笑《ほほえ》むクラちゃん。

私はちょっとだけイラッときた。

変わったクラちゃんに余裕のようなものが見え隠れしているけど、本質はおっちょこちょいで変わってない。

だからこそ私は、繋いでいた手を離《はな》して、今度は私からクラちゃんの腕《うで》を巻き込むように掴む。

そう、腕組《うでぐ》みだ。

「ちょ、花依《はなより》さん⁉」

「あれ、どうしたの？　まさか……嫌？」

声音《こわね》を変えて吐息《といき》混じりの甘い声を演出する。

過剰《かじょう》にならないように、相手に不快感を覚えさせないギリギリのレベル。

散々慣れてるはずのクラちゃんは結局顔を真っ赤にさせて黙《だま》ってしまった。

私にてぇてぇで勝とうとするなんて百年早い。

「じゃあ、事務所に行こうか。こっちだよ」

「は、花依さん。まさかこのまま……あ、あと当たってるわ」

「そんな細かいこと気にしてないで行くよ」

「細か……うぅ」

トレードマークみたいになっている赤いワンピースと、真っ赤な顔。明らかに動揺《どうよう》しているクラちゃんは非常に可愛《かわい》かった。

ごめんねクラちゃん。ひょっとしたうちにすぐ嗜虐《しぎやく》心が顔を出しちゃうんだよね。そろそろ慣れてとしか言えない。

思ってもいない謝罪を心の中でして、私は歩を進める。

弱々しい抵抗《ていこう》をするクラちゃんだけど、明らかにカタチだけの抵抗で、全然嫌がっているように見えなかった。

それこそ……いや、これは言わぬが花かな？

「着いたー！」

「やっと着いたのね……」

明らかに疲《つか》れた表情を浮かべるクラちゃんが呟《つぶや》く。

そのまま腕を離すと、ホッとしたように……そして、残念そうにため息を吐《つ》いた。

そんな分かりやすい表情するから私がドSになるんだよ。

「さて、明らかに黒くて怪《あや》しい泣いてる人がいるけどスルーして進もっか」

「そうね。明らかに私たちを見てるけど行きましょうか」

私とクラちゃんが傍《かたわ》らにいる人物を通り過ぎようとした瞬間、ガッと強い力で肩《かた》を掴まれた。

「ちょっとぉ……！　なんでそんな意地悪するんですかぁ！！」

「え、ツナちゃんだから」

「存在が理由⁉　酷《ひど》いですぅ……‼」

即答《そくとう》した私に泣きつくツナちゃん。

明らかにネタに偏《かたよ》ってたらイジりたくなるじゃん。正直仕方ないと私は思う。

この一連のイジリを最も美味しいと思ってるのもツナちゃんだろうし。じゃなきゃ口元がニヤけてない。

あれ、二期生腹芸下手すぎ……？

「とにかく二人とも行くよ。二期生の絆《きずな》の力を一期生に見せ付けよう！」

「……花依さんありきの固い絆だけれどね」

ボソッとクラちゃんが不穏《ふおん》なことを言うせいで、私達は無言での行進となった。

あながち自覚があるから何とも言えないよね。

ここも何とかしなきゃいけない問題ではあるのだ。

☆☆☆

「お待ちしていました。ご案内いたします！」

「あ、マネージャー。こんにちは～」

「お、お疲れ様《さま》です……！」

「……こんにちは」

バインダーを持って現れたマネージャーに、三者三様声をかける私達。

私は普段《ふだん》たまに話す仲だし、何も気にせず挨拶《あいさつ》を。

ツナちゃんはいつものコミュ障を。

クラちゃんは迷惑《めいわく》をかけた引け目があるのか、丁寧《ていねい》に、だけど距離《きょり》感を測りかねている感じだ。

挨拶だけでも人の性格って伝わるよね。それも裏側を知ってる私だからこそ、過去に起因してる負い目とかを感じ取ることができる。……ツナちゃんは単なるコミュ障だケド。

ちなみにマネージャーは、私達一人一人に付いているわけではなく、二期生纏《まと》めてのマネージャー一人となっている。

そのマネージャーを補佐するサブマネもいるらしいけど、直接私達とは関わりがない。

何にせよ人手不足で仕事に忙殺《ぼうさつ》されてるのは分かっていた。

「マネージャー、寝てます？　隈《くま》、できてますよ？」

「まあ、そこそこです。三時間寝れば立派な睡眠《すいみん》ですからね。二週間くらい家に帰れてませんが……フフフ」

「「「うわぁ……」」」

思わぬマネージャーの壊《こわ》れっぷりにちょっと引く私達。

ここ最近、事務所の方でも色々あったみたいで大変な時期とは聞いていたけど……。これは思ったより重症《じゅうしょう》かもしれない。

というかその大変な出来事って、二期生関連だけどね！

うん、ごめん、マネ。悪気はないんだよ。

「良いんですよ、別に。皆《みな》さんの配信のお陰でモチベ保ってますから。楽しく元気に配信を。裏の憂《うれ》いは全て私が取っ払《ぱら》いますから！」

グッと拳《こぶし》を握《にぎ》って笑うマネの表情は、から元気でもなく純粋《じゅんすい》にそう思っていることが理解できた。

その表情を見たツナちゃんとクラちゃんは、マネージャーのことを信用できる良い人だと感じ取ったのか、途端《とたん》に相好を崩した。

チョロい……チョロいよ！　……まあ、あの笑顔《えがお》見たら毒気抜《ぬ》かれるよね。

とはいえ。

私はマネージャーに近づいて、頬をそっと撫《な》でる。

「マネージャーの憂いも、私達の配信で消し飛ばしてみせますよ。だから安心してくださ
い」

「ひぅっ……ちょ、花依さん……私まで堕とそうとしないでくださいよ……」

頬を赤くしながら、撫でられた頬に手を当てるマネージャー。……うーん、可愛いぞ。

「「花依さん……」」

後ろの二人がジト目で私を見ている気がするけど、多分気のせいだよね。……そういうことにしておこう！

「まったく……。き、気を取り直して控室《ひかえしつ》に案内しますね。もうすでに一期生の宇宙《そら》さんがいらっしゃっているので、改めてご紹介《しょうかい》と、打ち合わせまでに多少の交流を図《はか》っていただきたいのですが……」

マネージャーは言いにくそうに、チラチラとツナちゃんとクラちゃんを見る。

コミュ障代表のツナちゃんはさておき、クラちゃんも人見知りの部類に入る。交流できず無言で気まずい時間を過ごすことを危惧《きぐ》しているのだろう。

仲良しこよしをする必要はないけれど、仕事に支障をきたさない範囲《はんい》で交流することは、企業《きぎょう》所属の責任ある立場として大切なことだ。

表では仲良しを謳《うた》っていても、裏では険悪な人たちだっている。それでもファンを楽しませようという気持ちさえ一致《いっち》していれば何とかなるもんだ。

「大丈夫《だいじょうぶ》だよね、二人とも。私がい、い、い、いなくても」

「「――え？」」

二人揃《そろ》って鳩《はと》が豆鉄砲《まめでっぽう》を食ったような目で見る。

「あれ？　言ってなかったっけ？　私は司会だから別の場所で打ち合わせなんだよね。後で合流はするけど、最初はそっちで頑張《がんば》ってね！」

「聞いてませんよぉ……」

元気にサムズアップした私に対して、ツナちゃんは死んだ目で私を見る。うん……あえて言ってなかったよ。

実際、「私ありきの絆」という言葉はかなり刺《さ》さった。

それは裏を返せば、私に依存《いそん》しているということだ。

依存されることは全然構わない。むしろ、てぇてぇ過ぎて爆裂《ばくれつ》四散できる。というかしたい。

けれど、全てを私に任せることがこの先の未来に悪影響《あくえいきょう》を与《あた》えてしまうことは自《おの》ずと理解できてしまう。

私はてぇてぇ関係を築きたい。

それと同時に、ＶＴｕｂｅｒとして輝《かがや》くみんなを見たい。

私という太陽で輝く月であって欲《ほ》しくない。

全員が全員太陽で照らし合う関係を培《つちか》いたい。キラキラ笑顔でＶＴｕｂｅｒを謳歌《おうか》するところを見たい。

……ま、結局は私のエゴだケド。

「頑張ってね！　二人とも！」

止めのように笑顔で言うと、今度こそ二人の瞳《ひとみ》からハイライトが消えた。突《つ》き放《はな》したわけじゃないけど、試練ではある。

そして私の試練でもある。

私の強みはコラボだ。

どこまで一人で上手く事を回せられるのかが問われる。

二期生とのコラボとは違って、人数が多い。たかが二人増えただけ、なんて言えない。

個性を持つ二人も増えた今、司会の難しさも段違《だんちが》いだ。

もしかしたら依存してるのは――いや。

「じゃあ、別の控室行ってまーす」

後ろを振り返らずに私は進む。

あとは任せたよ！　クラちゃん！　ツナちゃん！

☆☆☆

Side　クラシー

「……行ってしまったわね」

「隣の控室ですけどね」

「何か言ったかしら？」

「ぴぅっ、なんでもないですよぉ……！」

花依さんがいなくなるだけでトーンダウンする私たち。

当然、仲が悪いだとかそんなことはない。けれど、やっぱり花依さんありきで私たちは保たれている。

二人きりになるだけで、そのことが強く実感できた。

私たちは花依さんという輝く太陽に照らされて、一時的に光っているだけの月に過ぎない。けれども不思議と嫌ではない。

人に依存していることが。

……いや、花依さんに依存していることがあまり嫌ではなかった。

……これこそ本当の本当に依存しているのかしらね。

なんてことを自嘲《じちょう》げに思う。

何とかしないと、とは思っても、何とかできるような気がしない。

けれど――花依さんにおんぶに抱《だ》っこで迷惑をかけるのは絶対に嫌。

私は……私たちは一人でもやっていけるところを、今回の箱コラボで見せたい。そのためのヒントは、きっといたる所にあるはず。

「さあ、やるわよ。ツナマヨさん」

「分かっていますよ」

奮起した私は、ハイテンションでツナマヨさんに声をかける。

また戸惑《とまど》ってビクビクすると思ったツナマヨさんは、意外……というか初めて見る真面目な顔で頷《うなず》いた。

……何だかんだ私たちは通じ合っている。

今この瞬間《しゅんかん》だけは、花依さんに報《むく》いるため。

「行くわよ」

「はい！」

私たちは控室の扉《とびら》を大仰《おおぎょう》に開ける。

待ち受けるは一期生の宇宙《そら》。

私たちが仲良くする相手だ。


「え……先生？」

「待っていましたよ。クラシーさん」

☆☆☆

Ｓｉｄｅ　ツナマヨ

（ひえぇぇぇ⁉⁉　全然なんかクラシーさんと因縁ありそうな感じなんですけどぉ⁉　私あの人知りませんよぉ‼　こ、これは空気を読んでお姉ちゃん！　とか呼べば良いんですかぁ……⁉　い、いえ、無理です。顔が怖いです。クラシーさん、一緒《いっしょ》に頑張る雰囲気だったのに実は知り合いだったパターンは裏切りですよぉ‼）

ツナマヨは内心で裏切った（主観）同期に憤《いきどお》っていた。

扉を開けて視界に入ったのは、パンツスーツスタイルの妙齢《みようれい》の美女の姿である。

メガネと、無に等しい表情の乏しさから、ツナマヨの第一印象は怜悧《れいり》で真面目な感じだった。

「……まあ、積もる話は後にしましょう。ワタシは一期生の宇宙《そら》です。そちらの方は初めてですね？」

「は、はい！　わ、私は二期生の漆黒剣士《しつこくけんし》ツナマヨですぅ！　よ、よろしくお願いします……!!」

突然《とつぜん》話しかけられたツナマヨは、ビクッと大きく体を震《ふる》わせながらも、何とか噛《か》まずに挨拶を言うことができた。

「あなた達《たち》の活躍《かつやく》は常々聞いていました。あのバカ……失敬、花依とともに今一番数字を伸《の》ばしていると」

（あれ、これ花依さんとも面識ある感じですか……？）

一抹《いちまつ》の不安を覚えたツナマヨは、恐《おそ》る恐るといった様子で問いかける。

「あ、あの！　は、花依さんとはお知り合いなんですか……？　それと、クラシーさんとも何かあるような……その、はい」

「ええ、まあ。端的《たんてき》に言えば師弟《してい》関係ですね。歌の」

「そ、そうですか……。歌の……」

ツナマヨは後ろを向いて頭を抱《かか》えた。

(めちゃくちゃ重要度の高い知り合い……！！！　私だけいつものように仲間外れですよぉ!!　私、死ぬほど音痴《おんち》なんですけどぉ!!)

そこまで言うほど音痴ではないツナマヨだが、誰《だれ》かとカラオケに行ったこともなければ、一人で行く勇気もないヘタレである。

天性の声の特徴《とくちょう》はあるが、技術が伴《ともな》っていないのは確かだった。

「アナタと今度は同じ土俵で共演できることを嬉しく思うわ」

「私こそよ。今度は絶対逃《に》げないわ。信頼できる友人と、私を信じて救ってくれた花依さんがいる。彼女《かのじょ》たちに報いるためなら、私はどんな努力も惜《お》しまないわ」

頭を抱えていたツナマヨは、クラシーのその言葉ではたと動きを止めた。荒《すさ》ぶっていた心は凪《なぎ》のように静かで。

友人と言った際に、少し照れながらもツナマヨの方を見たクラシー。それを視界の端《はし》に入れていたツナマヨは、堂々と宣言したクラシーに羨望《せんぼう》の眼差《まなざ》しを向ける。

(私も……このままじゃだめです。いつまでも誰かの力でおこぼれを貰《もら》うなんて、応援《おうえん》し

てくれるファンにも、信じてくれる仲間にも失礼ですから）

　ツナマヨは、うん、と一つ頷くと、ビクビクしながら跳《は》ねる心臓を抑えて宇宙の前に仁《に》王《おう》立ちで立ちはだかる。

「……？　どうしました？」

「どうかした？　ツナマヨさん」

　言葉が、出てこない。

　何を言おうとしたか即興《そっきょう》で決めたはずのツナマヨは、眼の前に立ったことでカロリーの大部分を消費してしまった。ゆえに無策。

　言おうとすべきことはある。

　けれども言語化ができない。

　頭が混乱して目がぐるぐるし始めたツナマヨは、勢いそのままに叫《さけ》んだ。

「あ、あの!!　私と宇宙さん、キャラが似てると思うんですよぉ!!　敬語だし！　口調似てますし!!　ほ、ほら！　私もクールですからぁ……!!」

「はい？」

宇宙は、いつもの鉄仮面を被《かぶ》れないほどの唐突《とうとつ》さと突拍子《とっぴょうし》の無さに疑問符《ぎもんふ》を浮かべる。

しかし、ツナマヨは続ける。

本能の赴《おもむ》くままに。

「だから!! 宣戦布告? ですぅ……!! 私、今回の企画《きかく》で二期生が一番目立ちます。というか私が一番目立ちます!! 二期生の絆を、見せてやりますから……!!」

ぐるぐるした目で全てを言い切ったツナマヨ。

「「……………」」

三人しかいない控室はシーンと静まり返っていた。

「……あ、あれぇ……?」

(私今何言いましたっけ……? あれ)

ツナマヨの暴走癖。

妄想癖《もうそうへき》はいつの間にか暴走癖へと進化していった。

しかし、時にはそれが良いように作用することがあるのだ。

「……へぇ、面白《おもしろ》いですね、アナタ」

これまで無表情だった宇宙が、ニヤリと弧《こ》を描《えが》くような笑《え》みを浮かべた。

「ひぇっ」

堪《たま》らず小さな悲鳴を漏《も》らすツナマヨだったが、当然のようにすでに手遅《ておく》れだった。

「アナタが二期生の中で一番存在感がないと思っていました。マネージメント的視点で見ても、アナタをのし上がらせるには苦労すると思いましたが……。フフフ……、よりにもよってワタシに向かって宣戦布告をするとは面白いですね。そこまで言われてどうにもしないわけにはいかないでしょう。よろしい。受けて立ちましょう、その勝負。その代わり、アナタが勝負に負けた場合、それ相応の代償《だいしょう》は払《はら》ってもらいますよ。楽しみにしてます。では」

怯《おび》え震えるツナマヨに一方的に捲《まく》し立てた宇宙は、ぷるぷる揺《ゆ》れるツナマヨの肩をぽん、と叩《たた》いて控室を出ていった。

打ち合わせとはいっても、実は一期生とは顔合わせのみだったため問題はないのだが、しかし無表情だった宇宙の顔が喜悦《きえつ》に歪《ゆが》んだ結果に対しては、ツナマヨはただ震えることしかできなかった。

仲良くなることは紛《まぎ》れもなく失敗だろう。

だが、

「あ、あのぉ……私何かやっちゃいましたかねぇ……!?」

涙《なみだ》を溜《た》めながらクラシーの方へ振《ふ》り向くツナマヨ。

クラシーは呆《あき》れ顔でため息を吐いていたが、その表情は先程《さきほど》よりも晴れやかだった。

「……良い啖呵《たんか》だったわ。私も期待してるわ」

内心笑いを抑《おさ》えつつそれだけ言うと、クラシーは同じくツナマヨの肩をぽん、と叩いた。

「ぴ。ェッ」

今度こそツナマヨはキャパオーバーして、動きを完全に止めたのであった。

☆☆☆

ツナちゃんとクラちゃんが宇宙さんと顔合わせをしている間、私はマネージャーやスタッフさんと司会の打ち合わせをしていた。

司会ともなると、その仕事量や注意事項《じこう》は膨大で、養殖《ようしょく》ハイスペックの私でも深く読み込《こ》んで努力しないと到底《とうてい》無理。というか努力するのは当たり前なんだケド。

「……うーん、マネージャーもしかして、ここで司会のキャリア積むことで他箱とのコラボでも画策してます？」

「ぎくっ……い、いえ……まあ、その魂胆《こんたん》がないと言えば嘘《うそ》になりますけど、花依さんにはこれからそんな役回りをさせてしまうことが多くなりますので……負担の軽減と言えば綺麗事《きれいごと》ですが……」

深読みかと思ったけど、私の発言は正鵠《せいこく》を射ていたらしい。

事務所が力を入れていることは、このイベントの規模から見れば明白だ。だけどそれにしては、私への打ち合わせの仕方が些《いささ》かおかしい。

何か私が答えを出すことを目的としているような感覚がした。これはきっと私が司会として成長することを促《うなが》しているんだろうね。

ここまで来たら答えは簡単。

事務所は閉鎖的《へいさてき》な環境《かんきょう》を変えようとしているんだと。

……素直《すなお》に嬉しい。

前世の知識だけど、肥溜《こえだ》めは閉鎖的な環境を変えられないままライバーの数を多くした結果、様々な綻《ほころ》びが生まれて失敗してしまった。

これは社長が退任してから輪をかけて酷くなって、『数撃《う》ちゃ当たる』戦法に切り替《か》えたせいで、ライバー一人一人に寄り添《そ》うことがなくなった。

ライバーにもその風潮が影響《えいきょう》してしまい、リスナーを大事にするよりも数字にこだわるようになった。

それが私というイレギュラーを通して変わろうとしている。私という存在に意味があったんだ、って分かる。

嬉しくなるし、当然やる気が出る。

「構いません。ビシバシお願いしますよ。私だってウカウカしてたらツナちゃん、クラちゃんに追い抜かされますからね～。――負けてられませんよ」

「花依さん……」

いまだかつて無い真剣《しんけん》な目をした私に、マネージャーは目を見開いて驚《おどろ》いた。

そんなに意外かな？　私はいつだって本気だよ？

ただ、思ったよりも負けず嫌《ぎら》いだったみたいだケド。

「それに、私の目的は変わってないんですから。堕とす。誰であろうと変わりませんよ」

「……ふふ、そんな花依さんがいるから私も楽しく仕事ができるんです」

「だとしても寝《ね》てくださいねぇ」

「うっ……。と、ともかく、この後はプロミネンスさんとの打ち合わせでした……が」

一期生プロミネンスさん。

実は今日はその打ち合わせも兼《か》ねていたみたいだけど……マネージャーの沈鬱《ちんうつ》な表情を見てどうもその通りにはいかないことを悟《さと》った。

「……欠席、と？」

「そう、ですね。お腹《なか》が痛いと本人は仰《おつしや》っていましたが……ここだけの話、ソロ配信はともかく彼女はコラボを拒絶《きよぜつ》していたんです」

私の耳に向けてこそこそと話すマネージャーさん。

真面目な話なのは分かってるけど、マネージャーさんは隈と疲れが美貌《びぼう》を隠《かく》しているだけで、かなりの年上美人さんだ。

いきなりの内緒話《ないしょばなし》はこそばゆいし堕としたくなる（？）

……ま、こんなこと当然言えるはずもないから真面目に聞こう。

「体調不良なら仕方ないですけど、コラボを拒絶って今回の件も……？」

「あぁ、いえ、私達としても彼女が断るようでしたら仕方ないと思っていました。悪い意味ではなく、向き不向きがありますから」

「今回のコラボはプロミネンスさんが望んだんですね」

「はい。いつになく真剣な様子でしたし、意欲も高かったので改めてオファーを掛《か》けたんです……。ただ打ち合わせに顔を出さないとなると些か厳しい部分はあります。花依さんにも迷惑をかけてしまいますし……」

そう言ったマネージャーの顔には疲れと申し訳無さが滲《にじ》み出ていた。……全て自分のせいにしようとするんだから、このマネージャーは。

「マネージャー」

「はい？」

私はマネージャーの頭を包み込むように抱きしめ、ゆっくりとした癒《いや》し系《けい》ボイス（当社比）を耳元で囁《ささや》く。

「よく、頑張ったね。マネージャーは偉《えら》い。いつも私達に寄り添ってくれる。でも、その責任を全て自分のものにするのはダメ。マネージャーの期待に応えるのも私達ライバーの役目だから。ね？」

粗方《あらかた》言ってみて流石《さすが》にやり過ぎたかと自省する。

当のマネージャーは何らかの感情に耐《た》えているのかぷるぷると小刻みに震えてるし。

……うーん、マネージャーも大人だしこの対応はないかな……？　怒《おこ》ってたら謝《あやま》るしかないけど……。

私が何か声をかけようとした瞬間、マネージャーはガバッと顔を上げて、潤《うる》んだ瞳のまま呟いた。

「花依……ママ……」

「うぇ？」

そしてなぜか起こる拍手《はくしゅ》とどよめき。

気づけば周りで作業していたはずのスタッフさんたち全員が私の方向を見ていた。

「「「おぉ……!!」」」

いや、なんのどよめき⁉

……まあ、喜んでもらったようで。


今回の打ち合わせの欠席。

ただの腹痛なら良いが、もしも前世であったような不仲説が本当だったら……いや、憶《おく》測《そく》でものを語るのはよそう。

結局のところ本人にしか分からないことってのは往々にしてある。それを憶測だけで語ってしまうのは、誤解を招き、様々な誤情報として伝播《でんぱ》してしまうことが多い。

気になることは多い。けれども、私は前世からのファンとして彼女を信じたい気持ちが強かった。

「ふぅ……」

一息つきながらもプロミネンスさんとのことを考えながら打ち合わせが終わり、暫《しば》しの休息となった。

――家に帰ってきた一時間後。

――

全智《ぜんち》『花依。最近家来なくてさびしい』

花依『明日行きますんで覚悟《かくご》しておいてください』

全智『!?!?』

――

メッセージが送られてきた二秒後に返信した。

間章　ドッキリした側が反撃を受けるのはあるあるある

「みんなおはよー。キラキラ以下略、花依《はなより》でーす」
・いつにもまして挨拶が適当
・設定よりもてぇてぇを選んだ女
・こんな朝から配信は珍《めずら》しいな
そう。

現在時刻は6時半。早朝配信を決行している。昨日、全智《ぜんち》さんから『さびしい』というラブコールを貰った私は、即行《そっこう》で全智さんのお宅に向かうことを決めつつ、あるドッキリを仕《し》掛《か》けることにした。

最近は学力王決定戦で忙《いそが》しかったたし、その埋《う》め合わせ的な？　全智さんも全智さん側で頑張っていることを私は知ってる。

そのお礼も兼ねてだね。

「今日はちょっとした告知かな。――これから全智さんにドッキリを仕掛けようと思いまーす！」
・花×全来たァァァァァァァァ！！！！
・うぉおおおおおお（上質な百合《ゆり》成分補給確定演出）
・素晴《すば》らしい予感がする……
「配信で全智さん寝てるのは分かってるし、堂々と作戦立てちゃうよ！」

ドッキリと言っても何か危害を加えるわけじゃない。

どうせなら幸せになれるドッキリを仕掛けよう、ということで、考えてきたのはこちら！

私は画面上にドッキリ計画の概要《がいよう》を映し出す。

「まず、寝てる全智さん宅に侵入《しんにゅう》。それから起こさないように家事全般《ぜんぱん》を終わらせる。その後、朝ごはんを作ってから寝室《しんしつ》に侵入。優《やさ》しく起こしたら、隣《となり》に私がいる……って感じだね」
・すでにてぇてぇやん
・侵入、って言葉が不穏だけどなｗ
・どうやって全智の家に入んの？
「うん、私、この前いつでも来て、って合鍵貰《あいかぎもら》った」

瞬間、コメント欄がざわつき出す。

まあ、私もびっくりしたからね。流石に不用心じゃないかと思ったし、実際そう言った。
でも――

「『花依だから。一番安心できて、一番この家に来て欲しい。だから受け取って欲しい』……って言われたら断れるわけないよね。嬉《うれ》しかったし」

その対象に選んでくれたのは、素直に嬉しい。
だから合鍵《あいかぎ》ならぬスペアのカードキーを渡《わた》すってのもどうかと思うケド。まあ、全智さんが良いならヨシ！
・朝っぱらからてぇてぇ過ぎて感情が追いつかんw
・それもう夫婦《ふうふ》やんけ
・ファーーーー、てぇてぇええええ!!
・一番安心しきってるもんな。でも、花依がいなくても全智はしっかり自分で立って行動してる。依存関係じゃないのもてぇてぇ
・なんかこいつさり気なく全智の声完全再現しなかったか？
そう。依存は良くないと再三言っている。

……う～ん、でも完全に依存してないかと言われるとノーだケド。ま、基準は私に行動選択《せんたく》、意思決定を任せないか、だね。そこを委ねたらダメ。

「そんなわけで、いつでも侵入はできるよ～。事務所にも許可は取ってるから、そこのところは安心して。ワタシ、アクヨウ、シナイ」
・おいこらｗ
・一番重要なとこでカタコトになるなｗ
・一気に信用度ガタ落ちで草
・侵入言うてる時点でｗ
・でも、やってること完全に通い妻だよな
・てぇてぇやわ（真理）
「じゃ、いざ全智さん宅へレッツゴー！　私の方でマイク繋《つな》げるから、続きは全智さんの枠《わく》で待っててね～」

☆☆☆

——と、言うわけでやってまいりました全智さん宅。

ここで全智さんが起きてしまったら作戦の全てが瓦解《がかい》しちゃうけど、普段は9時起きくらいだし、配信で見た限りまだ寝てるから多分大丈夫。

私はカードキーで素早《すばや》く開けて、全智さんの家に侵n……お邪魔《じゃま》する。

窓は遮光《しゃこう》カーテンで閉じられていて、全智さんがまだ起きていないことが証明されていた。そのままリビングに直行。

つけっぱなしの配信画面に、私のマイクを接続させれば準備完了《かんりょう》だ。

「はい、どうもこんにちは、花依でーす。今回は全智さんに通い妻ドッキリを仕掛けたいと思います」

あの配信を見てない人用に軽く企画の説明をする。

・花依!? なんで!?

・ホワッ!? てぇてぇ!?

・待ってたぜこの時をなァァァ!!

・半裸《はんら》待機

「じゃあ、早速《さっそく》家事の方……って行きたいんだけど、掃除《そうじ》も洗濯《せんたく》もできてるね。……全智さんの成長に泣きそう」

・花依ママと、家事を習慣付けた全智さんの努力のお陰《かげ》やで

・全くその通り
・全智も頑張ったからなぁ……。あの退廃《たいはい》した生活を知ってる奴《やつ》は全員泣いてると思うw
うんうん、間違《まちが》いない。

私は後押《あとお》ししただけ。

こういう習慣って、思っている以上に難しい。一時はできても、すぐに元に戻《もど》ってしまったりして続けることは非常に困難だ。

それを全智さんは日々調べながら努力して、しっかりと毎日続けている。素直にすごい。本当にすごいと思う。

……私まで何か泣きそうかも。

「じゃあ、朝ごはん作ろうかな。できるだけ音を立てないようにね」

材料はすでに買って持ってきている。

さあ！　いざレッツクッキング!!


〜〜調理中〜〜

「はい、完成。だし巻き卵《たまご》にナメコの味噌汁《みそしる》。ほうれん草のお浸《ひた》しに鯖《さば》の塩焼き。そして温かいご飯。うん、味も問題なし」
・それなりに手間かかるのに、手際《てぎわ》よく短時間でこれだけのクオリティの朝飯作る花依ってヤバくね？
・お前、Vとしてのレベルもトップなのに、家事も勉強も司会も何でもできるとか、逆に何ができねぇーんだw
・花依にできないことはない！
「私ができることは精々寂《さび》しがりやな女の子を抱きしめるくらいだよ」
・今すぐそれをやってもろて
・てぇてくするな
・それをヤりに来たんだろw
まあ、平たく言えばそうだよね。

ぶっちゃけ、私にだってできないことは幾《いく》らでもある。手の届く範囲を努力で補っているだけに過ぎない。

努力とは、手の届く範囲を広げる行為《こうい》だ。

いざ何か起こった時に無理やり手を広げるのも、一つの手段ではある。けれど、それが間に合うとは限らない。

そのいざ。何が起こるか分からなくても、努力をすればきっと役に立つ。

——だからとりあえず全智さん抱きしめよっか！

「じゃあ、起こしに行こう」

私はよっこいしょ、と椅子《いす》から立ち上がり、全智さんが寝ている寝室へと向かう。

ゆっっくりと静かに扉を開ける。

そこには天使の寝顔《ねがお》を晒《さら》す全智さんがいた。

身長が低く童顔だからか、その表情はあどけなく、守ってあげないと……という使命感まで湧《わ》き出てくる。

「くそかわいい」

・おい本音

・思わず出ちゃった感じでワロタｗ

・絶対今真顔で言っただろｗｗｗ

・草

私は誘蛾灯《ゆうがとう》に誘《さそ》われる虫のように、ふらふらと全智さんが眠《ねむ》るベッドまで吸い寄せられていく。

全智さんの傍《かたわ》らに腰《こし》を下ろし、すぅと髪《かみ》をなぞる。

サラサラした感触《かんしょく》が非常に心地《ここち》が良い。

「ばかかわいい」
・本音ver2
・今一体ナニをしてるんでしょうねぇ
・合鍵悪用してんじゃねぇかてめぇ！w
・その言葉脳介《かい》してます？　多分こいつ脊髄《せきずい》で会話してる
そのまま全智さんの白い肌《はだ》をなぞる。

すべすべした触り心地は、本当に同じ人間とは思えないほどで、私は天使と言われて納《なっ》得《とく》できる気がした。

「天使」
・それはそう
・間違いない
・当たり前だよな
「――はっ！　趣旨《しゅし》を忘れてた！」

・今かよw

・結構前から多分忘れてたよなw

いや、全智さんが可愛《かわい》すぎるのが悪い。

というか合鍵使用して寝室に侵入して体触る、って今更《いまさら》ながらに犯罪じゃない？　いや、本当に今更なんだけどさ。

……危ない部分触ってないからセーフってことで。犯罪者はみんなそういうんだケド。

「全智さん、起ーきて」

「んんぅ……ん」

ぷにぷにと頬《ほお》を突《つつ》きながら私は全智さんを起こす。

しかし一向に目を覚まさない。

私は全智さんの体を揺り動かして起こしにかかる。

「全智さーん。おーきーてーー」

すると、全智さんの瞳《ひとみ》が薄《うす》く開いた。

寝ぼけ眼《まなこ》で、全智さんは甘《あま》い声を出した。

「んぅ……はなより……？」

「そうですよ、花依です。起きてください」

「……夢ぇ？　そっかぁ、夢かぁ……」

「え、ちょ全智さ——おわっ」

次の瞬間、全智さんは私をベッドに引きずり込んで抱き締《し》めた。

そしてそのまま入眠《にゅうみん》。
・何が起きた!?
・てぇてぇの波動を感じる!!
・状況《じょうきょう》説明求む
・多分今コメント見られない状況と予想
「ちょ、全智さん。寝ぼけてますって。それはまず……柔《やわ》らか……え」

全智さんの体の感触が全身に広がる。

甘い匂《にお》いと温かい体温。あどけない寝顔が至近距離《きょり》にあって、私は思わず頬が熱くなるのを感じた。

これはてぇてぇじゃ済まないって。

……こっちの気も知らないで眠ってる全智さんが恨《うら》めしい。

「はぁ……。私もちょっと寝るね。起きたら状況説明する……ぐぅ」

マイクをポチッとオフにして、私は温かい感触のまま意識を暗闇《くらやみ》に染めた。

・お預けかよぉおおおお！
・仕方ない待とう
・私も寝る、ってことは多分一緒に寝てんだろうし
・それはてぇてぇすぎる

☆☆☆

「花依……!?　なんで……!?」

「んむぅ？　全智さん、おはよー」

「……っっ」

再び起きたら、顔を真っ赤に染めた全智さんがいた。

そんな1日。

5. ポンコツVTuber、プロミネンス

TS tensei shita watashi ga shozoku suru VTuber jimusho no liver wo zenin otoshiniiku hanashi

「久しぶりに暇《ひま》だ」

配信の予定もない。誰かと遊ぶ予定もない。

本当にフリーな休日というのはかなり久しぶりな気がする。

まあ最近は何だかんだコラボとか学力王決定戦に向けての打ち合わせがあったしね〜。

忙しいと思えるのはそれだけ充実《じゅうじつ》してる証拠《しょうこ》でもあるけど、本当に暇な時に「配信したいなぁ」とか「コラボしたいなぁ」とか思うのはマジでワーカーホリックかもしれない。

VTuberは趣味《しゅみ》であり本業であり人生でもある。そう考えたらこの思考は間違いじゃない……のかも？

「折角《せっかく》の休日をダラダラするのも勿体《もったい》ないし、いっちょ自己研鑽《けんさん》でも――およよ？」

よっこらしょ、と体を起こした瞬間《しゅんかん》、その出鼻をくじくようにピロンとスマホが音を鳴らす。

「プロミネンスからフレンド申請《しんせい》…………プロミネンスさん!?」

通知の正体は例の一期生、プロミネンスさんから【ザ・コード】でフレンド申請をされたことによるものだった。

まさかのことに驚きを隠せない。

いや……肥溜めの共通サーバーにライバーは全員入ってるし、その経由でフレンド申請を飛ばすのは別に不自然ではない。

私が全智《ぜんち》さんにコラボ依頼《いらい》した時もそのサーバー経由でフレンド申請したし。

「コラボを拒絶してたプロミネンスさんがいきなりフレンド申請……うーん、なんか匂うねぇ」

問題はこの後にメッセージが飛んでくるかどうかだね。

無いなら無いでちょっと疑問を残すんだケド。

「お、と思ったら来た」

ピロンと再び音を鳴らすスマホに視線を移すと、届いたメッセージは短く一文。

プロミネンス『助けて欲《ほ》しいのだ!!』

花依琥珀《はなよりこはく》『了解《りょうかい》です。どこに行けば良いですか?』

プロミネンス『ありがとうなのだ！』

ガッ！　と荷物と上着を手に取り颯爽《さっそう》と家を出ようとしたタイミングで私は正気に戻った。

「はっ！　危ない危ない。どこに行けばいいか聞いてからの方が良いよね」

ん？　そういうことじゃないって？　レスポンスが早すぎるって？

いや敬愛する一期生の先輩《せんぱい》に助けを求められたら断れるわけがないじゃん。てぇてぇ的にもファン精神的にも。

というか裏でも『～のだ』口調なんだ。何それ萌《も》える。

プロミネンス『事務所に来て欲しいのだ！』

花依琥珀『なるべく早く行きます!!』

――ということで即日会《そくじつ》うことが決まった。

展開が早すぎると思ったそこの人。世の中には善は急げという便利な言葉があるのだよ。

プロミネンスさんの「助けて欲しい」というメッセージに対して即座《そくざ》に行動することは、きっと善に繋がるはず。

もとより他称《たしょう》お節介《せっかい》の私がこんなメッセージを貰《もら》って動かないわけがないんだよね。

「さてと。準備しますか」

何を助けて欲しいのかは本人に直接会って聞けばいい話だし。

☆☆☆

できる限りの速度で準備を終えた私は、交通機関を乗り継《つ》いで事務所の前までやってきた。

「今日の私も……うん、美少女フェイス」

他人に見せる自分を妥協《だきょう》したくない私は、メイクにも服装にも拘《こだわ》っている。

特にプロミネンスさんとは初めましてなわけで、初対面ではどうしても見た目で印象が決まってしまう。

考えてみれば当たり前だよね。初見で人の内面まで見ろなんて酷《こく》な話だし、自分が相手に良く見せようとするなら、それはやっぱり見た目に気をつけるしかないのだ。

「プロミネンスさんとの待ち合わせ場所は……あそこか」

プロミネンスさんは、事務所の休憩《きゅうけい》スペースと呼ばれる少し拓《ひら》けた空間で待っているらしい。

『見たら分かるのだ』と言っていたが、ちょっと嫌《いや》な予感がするのは気のせいだろうか。

少しの緊張《きんちょう》と、大部分を占《し》める期待に急《せ》かされるように、私は待ち合わせ場所に向かう。

そこにいたのは――

――土下座する小柄《こがら》な女の子だった。

「Ｏｈ……嫌な予感てきちゅー……」

すごい目を背《そむ》けたいなー、なんて。だって休憩スペースって、ライバーのためだけじゃなくてスタッフとか色んな人が出入りするわけで。

めっちゃ注目浴びてるんだけど。

どうしよっか。とはいえ無視する選択肢《せんたくし》はないし、流れで話しかけるのもちょっと癪《しゃく》というか。

徐々《じょじょ》に湧いてきた悪戯心《いたずら》にその身を任せて、私は女の子の近くに寄っていき、徐《おも》ろに耳元に息を「ふぅ～」と吹《ふ》きかけた。

「うひゃあっ‼ な、なんなのだ⁉」

驚愕《きょうがく》を露《あら》わにし、顔を赤く染めながら辺りを見渡《みわた》す女の子。控《ひか》え目《め》に言って実に良い表情ですねぇ。

そして遂《つい》に女の子は、ニヤニヤしている私と目を合わせる。

ふむ、と私は改めて女の子の整った容姿を観察した。

――茶髪《ちゃぱつ》のツインお団子ヘアに、透《す》き通るようなブラウンの瞳。

まん丸な目に、チラリと見え隠れする八重歯は明るい印象を与《あた》えた。

おまけに制服。そう、制服である。

普段《ふだん》の印象的に歳《とし》近いのかな、とは思ってたけどまさか学生だったなんてね。

とても良い。グッドな可愛さである。まあ、土下座で大部分台無しだケド。生憎《あいにく》と土下座を強要させる性癖《せいへき》は持ち合わせてないのだ。

「そ、そんなジロジロ見られたら恥《は》ずかしいのだぁ！」

「可愛かったのでつい。あ、どうも花依でーす」

「花依琥珀……！　我はプロミネンスなのだ！」

やはり女の子はプロミネンスさんで間違いないようだ。メッセージだけじゃなくリアルでも『～のだ』口調。やっぱり萌えるね！　そういうの嫌《きら》いじゃないよ。

「よろしくお願いします～。ところで何で土下座してたんですか？」

「それはこれからお願いすることがあるからなのだ」

「なるほど。そのお願いというのは」

「それは――」

私は思わず生唾《なまつば》をゴクリと飲む。

あんなギャグみたいな綺麗《きれい》な土下座をかましてた人間とは思えないほどの真面目な表情をプロミネンスさんがしていたからだ。

もしかしたらここにプロミネンスさんのコラボがない理由が隠れているのかもしれない。

それならば一言一句聞《き》き逃《のが》すわけにはいかない、と耳を澄《す》ませる私に、プロミネンスさんは再びガバッ！　と土下座の姿勢を取り――

「――勉強を……!!　教えて欲しいのだ……！　リスナーには内緒《ないしょ》で……ッ!!」

「内緒のお願いとは思えない声量」

耳がキーンとなるほどの大声で発せられた音声に思わず突っ込《こ》む私。

部屋中どころか事務所の至る所に届いてると思うけど大丈夫《だいじょうぶ》かな？

——にしても勉強を教えて欲しい、ねぇ。

プロミネンスさんの根幹に関わる話かと思ったから些《いささ》か拍子抜《ひょうしぬ》けではあったものの、彼《かの》女《じょ》がそのお願いをしてくることは納得のいくものであった。

何せプロミネンスさんは、前世でもかなりのポンコツ系アホVTuberとして人気だった。更《さら》に配信上では自分のアホさ加減がリスナーにバレてないと思《おも》い込んでるのも、人気に拍車《はくしゃ》をかける一因だった。

簡潔に例を紹介《しょうかい》すると——

☆☆☆

・『大樹』↑この漢字読める？
「ん？　漢字？　馬鹿にしてもらっちゃ困るのだ。えーと……おおじゅ、なのだ‼」
・わー、すごーい！
・せいかーい！
・てんさーい！

☆☆☆

こういったことが日常的に見受けられた。

いや、これぶっちゃけ助長してるリスナー側が悪いと思うけどね。悪ノリをお家芸に昇《しょう》華《か》させたのはある意味すごいと思うケド。

そんなこんなでリスナーの悪ふざけもあって、プロミネンスさん自身はリスナーにアホだと知られていることは知らないのである。エゴサとかしないタイプっぽいしね。

と、いうわけで、別に断る理由はない。

「良いですよ～。ただ出題する問題とかは教えないですよ？」

「当たり前なのだ。それと歳近いし敬語はいらないのだ！」

「そう？　じゃあ改めてよろしくね。プロちゃん」

「ぷ、プロちゃん……？　……まあ、また連絡《れんらく》するからよろしくなのだ！」

　ニパッと笑《え》みを浮《う》かべて歩み寄ってくれたプロミネンスさん……改めプロちゃんに、私も笑みを浮かべて歩み寄る。

　あだ名に関してはさすがに困惑《こんわく》してたみたいだけど、まあ良いかと切り替《か》えたようで、今日のところは解散した。

「ふぅ～……」

　プロちゃんが立ち去るのを眺《なが》めながら、私は息を吐《は》きつつ思考する。

　とりあえず何でいきなり勉強を教えて欲しいと言ったのか。ましてや何で花依琥珀《私》なのか。

　色々と気になるところは勿論《もちろん》あるけど、全てを知ろうなんて事を急くのはクラちゃんの時の二《に》の舞《ま》いになる。

　お節介にもね。発動して良いタイミングと悪いタイミングがある、ってことを最近理解した。

　これをツナちゃんだけが理解していたことを考えると、案外彼女は人のことを良く見てるのが分かる。

一旦《いったん》は勉強を教えつつプロちゃんと仲良くすることにシフトしよう。

千里の道も一歩から。堕《お》とすためには、地味な努力とコツコツと信頼《しんらい》を積み重ねるのも大事だからね。

6. 私一人の力じゃどうしようもないこともある

TS tensei shita watashi ga shozoku suru VTuber jimusho no liver wo zenin otoshiniiku hanashi

「なるほどね～。あはは！　この問題が大真面目な会議の末に決まったって考えたら面白《おもしろ》いね」

プロちゃんとの邂逅《かいこう》の翌日、マネージャーから『学力王決定戦』で出題される問題が届いた。

まともな問題もあればイロモノな問題もあってなかなか面白い。盛り上がり的な側面からも全く以《もっ》て問題ない。

あとはこれをどう面白おかしくするか――司会の技量にかかっている。

「ただ問題を読み上げて答えさせるのも盛り上がりはするだろうけど……そんなの、つまんないよね？」

初めての箱企画《きかく》。司会が不甲斐《ふがい》ない結果に終わるなんて私は到底《とうてい》許せない。

みんな努力してるんだ。私が上手《うま》くやらないでどうする。

「燃えてくるじゃん」

私はペロッと唇《くちびる》を舐《な》める。隠《かく》せない闘志《とうし》を瞳に宿しながら。

☆☆☆

実のところ『学力王決定戦』までの日にちにそこまで余裕《よゆう》はない。

だから早速勉強会を行おうという話をプロちゃんにすると、二つ返事で「了解なのだ！」と返事があった。

うーん、判断が早い!!

そんなわけで早速事務所にやってきた。

「問題は私が勉強を教えられるかどうかだけど……」

川内《かわない》に普段から数学とか教えてるし、前世含《ふく》めて人にものを教える経験値はあるという自負がある。

まあ大丈夫でしょ。

――と、その時は思っていた。

「嘘《うそ》……でしょ……」

「ほあ？」

——現在私は事務所の休憩スペースにあるソファに倒《たお》れ込むように項垂《うなだ》れていた。

グロッキーな私に対して、プロちゃんは何が起きてるのか分からないと言いたげなアホ面《づら》を浮かべている。

「まさか何も分からないなんて……」

アホとかポンコツとか言われてるけど、何だかんだ中学生の範囲《はんい》から全体的に勉強すれば大丈夫だろう、という目論見《もくろみ》で始まった勉強会は、何を教えてもはてなマークを浮かべるプロちゃんによって全ての計画が総崩《そうくず》れした。

まさか四則演算以上のことができないなんて……！

一体どうやってこの人生を乗り切ってきたんだろうと疑問しか浮かばないよ。

「プロちゃん。高校のテストっていっつも何点くらいだった？」

「ん～、調子良い時は5点くらいなのだ」

「調子悪い時は？」

「ゼロ!!」

「そっかぁ……」

屈託《くったく》のない笑みで元気よく言われたら何も言えないんじゃ……プロちゃんリスナーの気持ちがちょっとだけ分かった気がする。

どうしようかな、と唸《うな》っていると、プロちゃんは途端《とたん》に不安げな表情で言った。

「……我アホだからきっと花依《はなより》に迷惑《めいわく》かけちゃうのだ……」

あ、自分がアホな自覚はあったんだ、というのはさておき、私はプロちゃんを安心させるように優《やさ》しげな笑みを浮かべる。

「迷惑だなんて思わないよ。それに、分からないなりに分かろうと努力してるのも見てれば分かる。私の信条は、努力する人を全力で応援《おうえん》することだからね」

私だって努力なくしてこの場に立っていない。VTuberになるんだ。VTuberになって全員完堕ちさせてやるんだ、って不純な……ゴホン、素晴《すば》らしい目標を持って頑《がん》張《ば》ってきた。

だから私は、絶対に努力する人を馬鹿にはしないし、望むなら努力の手助けをすることだって厭《いと》わない。

プロちゃんは確かに、私が教えたことを理解できていなかったけど、理解しようと唸って問題に向き合ったり、「ここってどういうことなのだ?」と私に聞いたりしていた。

これを努力と言わずに何と言うのか。

「花依……」

熱弁する私を見つめるプロちゃんの表情は、どこか安心しているようだった。

……とはいえ、私一人では限界がある。だからといって諦《あきら》めるのは当然NO。

じゃあ、私にできることは一つしかないよね?

「だからさ――助《すけ》っ人《と》、呼ぼうか」

私は遠慮《えんりょ》なく人に頼《たよ》ることにした。

☆☆☆

「は、花依さんが助けを求めるって珍《めずら》しいですよね……?」

「そうね。基本的に何でもできるし、人に頼らなさそうな印象はあるわ」

事務所前で雑談する黒髪《くろかみ》ロングのおどおどした美女と、赤髪ツインテールのドレス姿の美女。

彼女らは花依に電話一本で呼び出されたチョロい女どもである。

黒髪の美女……ツナマヨは、家で下着姿で惰眠《だみん》を貪《むさぼ》っていたところを、普段鳴らないはずのスマホが音を鳴らしたことで盛大《せいだい》に驚《おどろ》き、自分の上着に足を滑《すべ》らせて転んだアホである。

なお、花依からの連絡のみ通知音を他とは変えているため誰《だれ》からの連絡かは分かった模様。

対する赤髪の美女……クラシーは、家で優雅《ゆうが》にピアノを演奏していた時に鳴り響《ひび》いたスマホに気を悪くするが、相手が花依からだと知るやいなや一瞬《いっしゅん》で聖母のような微笑《ほほえ》みを披《ひ》露《ろう》した。

自称《じしょう》でも他称でも花依が好きな二人は、「助けて欲しい」という花依からのメッセージに「助ける」以外の選択肢を持たない。

よって、二人が事務所の前で邂逅することも必然なのである。

「と、ということは……！　もしや何か花依さんの身に危険が迫《せま》ったのでは……!?」

「落ち着きなさい。だとしたらゆっくりで良いよ、とか無理だったら遠慮なく言ってね、とか言わないはずよ。人間、危険が迫ったらそんな冷静じゃいられないもの」

「で、でもぉ、花依さんなら、ここは私に任せて先に行け……！　とか平然と言いそうですし、たとえ危険が迫ってても一人で何とかしそうなような……」

「……まあ、一先《ひとま》ず待ち合わせ場所に行きましょう」

クラシーはあながち否定できない、と顔を背けながら話を逸《そ》らした。

彼女らのイメージする花依は些か過大評価なような気がしてならないが、奴なら言いかねないのかもしれない。

一体何が待ち受けているのか。

戦々恐々《せんせんきょうきょう》としながら二人は、待ち合わせ場所である事務所の休憩スペース前の扉《とびら》までやってきた。

「……開けるわよ？」

クラシーの言葉に、ツナマヨは緊張を露わにしながらコクンと頷《うなず》く。

意を決して扉を開けるクラシー。

そんな二人が目にしたものは――

「――あはは～！　プロちゃん可愛いなぁ」

「ちょ、くすぐったいのだー！」

――ニコニコしながら小柄な女の子を膝《ひざ》に乗せる花依《アホ》の姿だった。

二人の目は死んだ。

☆☆☆

なんかツナちゃんとクラちゃんが死んだ目で立ち竦《すく》んでるんだけどどうしたんだろ？　入ってこないのかな。

あ、ちなみに二人が来るまで暇だったのでプロちゃんを膝に乗せてからかってました。私より20㎝くらい身長低いし、膝にすぽっと収まる感じがめっちゃ可愛いんだよね。小動物っぽいというか。

「は　な　よ　り　さ　ん　？」

「え？」

そんなことを考えていると、怒《いか》り心頭といった様子でクラちゃんがガン詰《づ》めしてきた。

なんかしたっけ私、と首を傾《かし》げていると、クラちゃんの後ろにいたツナちゃんが涙目《なみだめ》で頬を膨《ふく》らませながらプロちゃんを指差し——

「だ、誰ですかその女はぁ……!!」

と私に問い詰《つ》めてきた。何この状況。

とりあえずプロちゃんとは初対面の二人なので、プロちゃんの左腕《ひだりうで》を後ろから握《にぎ》って手を挙げさせて——

「はい、プロちゃん挨拶《あいさつ》」

「一期生のプロミネンスなのだ！　よろしく！　……で、誰なのだ？」

「に、二期生の漆黒剣士《しっこくけんし》ツナマヨです……！」

「同じく二期生のクラシーよ」


「「――じゃなくて！」」


プロちゃんの挨拶につられるように挨拶を返した二人は、一拍《いっぱく》置いて盛大なノリツッコミを果たした。

うんうん。二人の仲が順調に深まっていて私は嬉《うれ》しいよ。

後方彼女面でニコニコする私に対して、凄《すさ》まじい目つきで見てくる二人……さて、そろそろ惚《とぼ》けるのもやめよっかな。

「来てくれてありがとね、二人とも。この状況は成り行きだから置いておいて……二人にお願いがあって呼んだんだ」

「「……」」

置いておけねぇよ……って表情しないでよ。私も無理だと思ってるけどさ。

しかし空気を読んでくれたのか、何か言いたげな歯切れ悪い表情をするも、二人は一旦黙った。えらい。

「簡潔に言うと、このプロちゃんに勉強を教えて欲しいんだよね。私じゃちょっと力不足でさ」

「「勉強?」」

いや本当息ぴったりだね君たち。

とはいえこれだけだと説明不足か、と詳《くわ》しく説明しようとすると、プロちゃんが私を手で制して、ぴょんっと私の膝から降りた。かわいい。

「我のことだし我から説明するのだ」

説明責任というか、どんなことでも本人から口にしないと、その熱量とか本気度が伝わらない。この場合はプロちゃんから説明するのが筋だ。それを分かった上かは定かではないけど、本人がそう言うなら私は従うまでだ。

「我はアホなのだ。漢字も数字もロクに分からない。けど、それをリスナーにバレたくない。努力した姿でリスナーと向き合いたい。だから! 勉強を教えて欲しいのだ!!」

「「……ッ!」」

ツナちゃんとクラちゃんは、真正面からプロちゃんの本気を受け取って気圧《けお》されたようだった。

かくいう私も驚いた。勉強を教えて欲しいという理由には並々ならぬものがあると思ってはいたけど、ここまでの熱量だとは。

一期生プロミネンス。まさしく太陽のような闘志に、私は口角が上がるのを隠せなかった。

これだ。これだよ。私が愛した肥溜《こえだ》めの一期生は。こうでなくっちゃ。

――それに。努力しようと足掻《あが》く姿が嫌いな人間は、ここには誰一人《だれひとり》としていない。

「わ、私にできることがあるならご協力します……!!　よ?」

「微力《びりょく》ながらお手伝いさせて貰うわ」

これには私も、ニッコリしながらサムズアップである。

そんな二人の様子を見たプロちゃんは、私やツナちゃん、クラちゃんに視線を右往左往させながら、弾《はじ》けるような笑顔《えがお》を見せた。

☆☆☆

「あたしに任せてちょうだい。これでも勉強は得意な方だったのよ」

大きな胸を張り、自信満々に言い放ったのはクラちゃん。どうやら先鋒《せんぽう》を務めるようだ。

どうしてだろう。フラグにしか聞こえないのは。

「お願いするのだ！」


――30分後。


「おかしい。これは陰謀《いんぼう》だわ」

「誰の陰謀。というか教科書通りの教え方なら私と同じだから無理だよ」

「イケると思ったのよ……けれど人に教えるのって案外難しいのね……学生時代はずっと一人だったから分からなかったわ……」

「触《ふ》れづらい自虐《じぎゃく》するのやめてね？　でもこれからは一人にさせないよ」

「花依さん……!!」

「あのぉ……勉強中に変な空気作るのやめてもらっても良いですかぁ……？」

まさかツナちゃんにツッコまれるとは！

まあ、これは茶番というか冗談《じょうだん》なんだけどね。約一名本気の表情をしてたケド。演技だと信じたい。

「クラちゃんもダメかぁ……」

柔軟性《じゅうなんせい》があって理路整然としてるクラちゃんなら分かりやすく勉強を教えられると思ったんだけど、やっぱり自分が勉強できても人に教えるのとは勝手が違《ちが》う。

自分だけが理解していても、それを他人にフィードバックするとなると、別の思考回路が必要になるからね。

……さて、となると頼《たの》みのツナ……じゃなくて頼みの綱《つな》は、とツナちゃんを見ると、あからさまに苦い顔をしていた。

「わ、私の出番ですか……ま、まあ？　やると言ったからにはやりますけどぉ……？　その……期待しないでくださいい……ね？」

「保身はダサいよ、ツナちゃん」

「ひぅ……プレッシャーかけないでくださいよぉ……！」

ポンッと肩《かた》に手を置くと、ぶつぶつと文句を言いながらツナちゃんはプロちゃんの方に向かっていった。

お手並み拝見といこう。

クラちゃんはすでに諦めたような視線をツナちゃんに向けているけど、アレでツナちゃんは良く人を見ている。

本人には言わないけど（n回目）、私はツナちゃんを結構信頼《しんらい》しているのだ。

「え、えーと、そ、それでは僭越《せんえつ》ながら私がプロミネンスさんに勉強を教えたいと思います!!　はい！」

「何でそんな早口なのだ？」

「グハッ……！」

ツナマヨ選手！　ダウン！

頑張れツナちゃん。プロちゃんに悪気はないんだ……。

「き、気を取り直して数学の方を……えーと、加法と減法……マイナスとか含む計算式のやつですね」

「マイナスの仕組みが今一分からなくて解けないのだ……」

そう、ここが私もクラちゃんも躓《つまず》いたポイントだ。私たちは無意識的にマイナスというのを認識《にんしき》できるせいで、(-1)＋(-2)＝-3、という数式を上手く言語化できなかった。

だってマイナス同士の計算ってそういうことでしょ？　と納得《なっとく》してるからね。

でもプロちゃんは、今一その仕組みが分からないみたいで苦戦してる。

ツナちゃんは果たしてどう説明するのか。

「ぷ、プロミネンスさんって嫌いな食べ物とかってありますぅ……？」

「うーん、ピーマンとにんじんが嫌いなのだ」

「じゃ、じゃあピーマンとにんじんが入ってる料理って最悪ですよね」

「うん」

「嫌いな食べ物＋嫌いな食べ物って、どうしたって嫌いなものにしかならないじゃないですか……！　計算も同じで、嫌い……つまりマイナス＋マイナスはどうあがいてもマイナスにしかならないんですよぉ」

「……あ！　ってことはここの答えはマイナス３なのだ⁉」

「そ、そうです……！」

おお、すごい。

そっか。例え話か。それは盲点《もうてん》だった。

世の中には感覚派と理論派の人間がいる。どっちかに完全に寄っているわけではなく……例えば感覚派２、理論派８、みたいなね。

そして私はどっちかというと感覚派の人間だと思う。結構フィーリングで動くことが多いし、考えるよりも先に体が動くことだってよくある。

だからこそ計算式とかも理論立てて説明するより感覚で何とかしてしまう癖《くせ》がある。

プロちゃんは感覚派っぽい感じはあるけど、恐《おそ》らく理論派の部類にあると思う。

つまり、どう計算すればこうなる……ということを教えるのではなく、まずはこういう仕組みだから、こういう計算をする、といったことから教えるべきだったのだ。

それを例え話で補完したのは上手いと思う。

「まさかツナマヨさんにしてやられるなんてね」

「って言ってる割には随分《ずいぶん》と嬉《うれ》しそうじゃん」

隣《とな》りにいたクラちゃんが、フッと笑いながら言ってきた。その表情には悔《くや》しさの色は見えず、どっちかというと嬉しそうに見えた。

「あら、私たちは同期でしょう？　同期の良いところを見たら嬉しく思うのは当然じゃない」

「言うようになったねぇ～。まあ、それについては同意かな」

あれだけ人を拒絶《きょぜつ》していたクラちゃんがそんなことを言うようになったなんて私は感動だよ。これは間違《まちが》いなく良い変化だと私は思う。

「さて、じゃあ良いところを見せてくれたツナちゃんを労《ねぎら》いにでも――んなっ⁉」

たまには褒《ほ》めてやろうと勉強を続けていたツナちゃんの方に視線を移すと、とんでもない光景が目に入ってきた。

「ツナマヨすっごいのだ‼　めっちゃ分かりやすいのだー！」

「でへへ……そうでしょうかねぇ……ふへへ」

「ここは？　ここはどうするのだ？」

「ここはですねぇ――」


なんか、知らない間に、私より、懐《なつ》いてるんですけど。

そりゃ苦手な勉強に一石を投じてくれたツナちゃんに懐くのは分かるよ？　分かるけども、理屈《りくつ》では逃《に》げ切れない部分があるのだ。なにせ感覚派なもので。

「ぐぬぬ……許せん、あのツナ野郎《やろう》……」

「どういう感情をしてるのかしら……」

くやしい。それに尽《つ》きる。

堕とすのは私のアイデンティティである。それをツナちゃんに奪《うば》われかけているのだというのだから、謂《い》わばそれは自己の喪失《そうしつ》だ。

「頬《ほお》を膨らませてる花依さん……ちょっと可愛《かわい》いわね……」

隣《となり》で何か言ってる人を置いておき、私はツナちゃんに笑顔で話しかける。

「おーいツナちゃーん！」

「な、なんですかぁ……？」

「しばらく私の配信出禁で！」

「え、ちょ何でですかぁぁぁ⁉⁉」

この後「花依も教えてくれてありがとうなのだ！」と笑顔で言われて秒で許した。

なんか私もギャグ枠《わく》みたいになってるの不本意なんだケド。


「……お前たちは仲良《い》いのだ」

——ただ、ボソッと小さく呟《つぶや》いたプロちゃんの表情が寂《さび》しげだったのが少し気がかりだった。

7. 同期コラボはてぇてぇの香り #百合ゲー演技

TS tensei shita watashi ga shozoku suru VTuber jimusho no liver wo zenin otoshiniiku hanashi

プロちゃんに勉強を教えた後、『学力王決定戦』についてのブリーフィングを兼《か》ねつつ二期生コラボをしよう、と事務所の配信スペースに移動した。

配信しようと誘《さそ》った理由は、最近二期生コラボ無くね？　とツニッターの方で言われていたからである。

何気に忙《いそが》しかったしね。それにツナちゃんかクラちゃん、どっちかの予定が合っても三人とも予定が合う日は少なかった。

「どう？　『学力王決定戦』は」

「ず、随分フワッとした質問ですねぇ……い、今からすでに緊張《きんちょう》で頭がおかしくなりそうですぅ……！」

「まあ、特にツナマヨさんはプレッシャーかかってるわね」

「ひ、他人事だと思ってぇ……っ!!」

「え、何かあったの？」

「ひ、秘密です！」

クラちゃんを恨《うら》めしそうに睨《にら》みつけるツナちゃん。私のいないところで何かがあったらしいけど、どうやら教えてくれないみたいだ。残念。

ま、いつものようにツナ虐が起こってるっていうのは分かるケド。

「けれど……初めての箱内コラボで、あまり想像がつかないのが本音ね」

「精々同期同士のコラボだけだったもんね。他の企業《きぎょう》とかだと先輩後輩《せんぱいこうはい》関係なくコラボしてるもんだけど……うちは特殊《とくしゅ》だし」

「あ、あはは……」

肥溜めに協調性は無し、と前世で誰かが書き込んでいたのを思い出す。

クセが強いのは勿論ＶＴｕｂｅｒとして良いことではあるんだけど、クセ強同士がコラボすると、それを纏《まと》める人がいないとカオスになって収拾《しゅうしゅう》がつかなくなる。

だからこそ責任重大なんだけどねぇ～。

「じゃあさ。また箱内コラボやって欲《ほ》しい、ってリスナーに思わせるほどの盛り上がりにしようよ」

「そうね」

「が、頑張りましゅ……」

ツナちゃんは気張りすぎね？

彼女の場合は、空回りしてた方が面白いこと多いから放って置くけどね。

「あ、ところでさ。プロちゃんと初めて会ったわけだけど、どう思った？」

私の場合は、どれだけ気をつけても前世の先入観が邪魔《じゃま》してくる。前世と今は違うんだ、って頭で分かっていても時々ふと前世の知識を思い出してしまうのだ。

その点ツナちゃんとクラちゃんは完全に初見。実際会ってみてどう思ったのか気になった私は、耳を澄《す》ませて二人の言葉を待った。

ツナちゃんは……、

「わ、私なんかに懐いてくれる新人類……ですかね……あとかわいい」

クラちゃんは……、

「単純なところはあるけど、純粋《じゅんすい》で良い子だと思うわ。あとかわいい」

そして私は……、

「わかる。かわいいよね」

と締《し》めくくった。

雑だって？　君たちは可愛いは正義って言葉を聞いたことがない？　つまりそういうことだよ（暴論）。

全智《ぜんち》さんとはまた別のベクトルでの可愛さというか……純粋無垢《じゅんすいむく》な元気っ娘《こ》って良いよね。

カラッとしてるから接してて気持ちがいい。

勉強も一生懸命《いっしょうけんめい》だったし、あれは誰でも応援したくなると思う。

☆☆☆

あれからコラボの打ち合わせを軽く行い、ツニッターの方でゲリラ二期生コラボを行う旨《むね》を知らせると、瞬《またた》く間《ま》に拡散されていった。

その反響《はんきょう》具合から、やっぱり二期生コラボを待ち望んでいた人は多いようだ。

「じゃあ始めるけど準備は良い？」

「ええ……どうぞ……」

「じゅ、準備万端《ばんたん》ですっ！」

やる気のないクラちゃん。やる気に溢《あふ》れるツナちゃん。なんでこうなったかは、コラボの内容を見れば分かる。

というわけで早速《さっそく》始めていこう、と配信開始のボタンをポチッと押《お》す。

私たち三人の立ち絵が映り、コメント欄《らん》が追いきれない速度で流れていく。

・キタァ！
・てぇてぇ空間が構築されると聞いて
・二期生コラボ久しぶりやな
・お、映った

「以下略！　花依《はなより》でーす」

「クラシーよ」

「ツナマヨです……！」

・挨拶が日に日に適当になっていくw
・琥珀《こはく》忘れてるやつと漆黒剣士《しっこくけんし》忘れてるやつがおるなぁw
・初手で以下略！　はねぇだろwww

挨拶の適当さは最早《もはや》様式美だよね。いらない情報を省いていったらなぜかそうなった。

この前リスナーに言われたんだけど、私って魔法少女《まほう》らしいよ。……いや、さすがに冗談だし憶《おぼ》えてるけどね？


「今回はね～……百合ゲー朗読配信やります！」

・おおおお‼

・てぇてぇの香りしかしねぇな！
・あぁ、だからツナマヨが異常にハキハキしてて元気なのか
・ハキハキしてるのが異常なのは草
・花依とツナマヨの得意分野やんけ
そう。これこそがクラちゃんがやる気なくてツナちゃんが異常に元気な理由なのである。

最近発揮されてなくて忘れがちだけど、ツナちゃんはかなりの妄想家《もうそう》かつ、妄想中のみ弁舌《べんぜつ》になる。

百合ゲーを朗読する。

別にこれは妄想ではないけど、妄想で培《つちか》った演技力を活《い》かすことができると生き生きしてるのだ。

クラちゃんの演技の実力は定かではないけど、あくまでこれはワイワイ楽しくやろうという名目で行う配信だ。そこまで気負わなくて良いとクラちゃんに言ったけど大丈夫《だいじょうぶ》かな？

なんか別のことを言いたげだったような気がするけど……。

「ちなみに二人は百合ゲーやったことある？」

「あたしは基本的にゲームをしないからやったことないわね」

「わ、私はあります……！」

「うん、知ってる」

「でしょうね」

「謎《なぞ》の信頼……⁉」
・逆にプレイしたことなかったら驚天動地《きょうてんどうち》だわ
・その妄想の質とシチュエーションでやってないわけないだろw
・ツナマヨはゲーム系に詳しいしな
　ツナちゃんがいつものようにツッコむけど、コメントにもあるようにリスナーには把握《はあく》されてるし今更《いまさら》感が強い。

　とはいえ初見もいるだろうから、知っていてもこういった情報は混ぜ込《こ》むのが重要だ。

「ツナちゃんが百合ゲー猛者《もさ》なことは置いておいて、今回やるゲームはこちら！」

　ドンッと配信画面にデカデカとゲームスタートの文字が映る。

　配信許可が下りているゲームかつ、2時間ほどで一つのエンドまで辿《たど》り着く、サクサクできるゲームを選んだ。

「タイトルは『女子校に入学したから美少女全員堕《お》としてみた』ってやつ」

「ぎゃ、ギャルゲーみたいなタイトルですねぇ……」

「主人公花依さんじゃないのこれ……」

・初手に選ぶ百合ゲーがコレかよw
・もっとシットリしたやつ選ぶのかと思ったわw
・お前が主人公じゃねぇか
・自己投影《とうえい》しやすいゲームを選ぶな
・花依がエロゲー選ばなかっただけ褒めてやれよ
私を何だと思ってるんだ。さすがに配信の場でエロゲーを選ぶほど私は耄碌《もうろく》してない。

……いや、ちょっとやってみたいなと思った時点で手遅《ておく》れかも。リスナーの方が私の解像度高いってどゆこと？

ところで主人公が私に似てるって？　多分気のせいだよそれ。ね、クラちゃん。

「主人公とナレーションを私が、隣の席の元気っ娘をツナちゃんが、幼なじみの生徒会長役はクラちゃんで。それじゃあスタート！」

ここの部分は事前に二人に話しているため問題はない。まあ、ゲームの概要《がいよう》もタイトルも何も教えてないからぶっつけ本番だけどね。

私は暗黒微笑《びしょう》を浮《う》かべつつゲーム開始のボタンを押した。
・元気っ娘をツナマヨが……？
・ｗｋｗｋ

・生徒会長のクラシーは解釈一致《かいしゃくいっち》やな

本来このゲームは全編フルボイスだけど、朗読配信のためにボイスを切ってあるという仕組みだ。

早速《さっそく》流れるテキストメッセージを読み上げていく。

ふむふむ……こういうキャラなら……こんな感じの声かな？

「おっといけねぇ。入学初日から遅刻《ちこく》だ。こんなんじゃ世話焼きの幼なじみに叱《しか》られちまうぜ」

・え、誰!?

・いやキャラに寄せんのうますぎだろw

・ボイス切り忘れたのかと思ったらコレ花依かw

・相変わらずの七変化《しちへんげ》やなぁ……

・主人公、ボーイッシュキャラか

コメント欄がざわつくが、これくらいは私にとって朝飯前だ。むしろハードルを上げた分、ツナちゃんとクラちゃんにプレッシャーがかからなきゃ良いけど……。

「ガラガラと扉を開けると、担任らしき女教師に叱られてしまった。やれやれ、寝坊《ねぼう》ごときでうるさいやつだ」

・いるよな。こういう自分のミスなのに逆ギレするやつ
・開幕から俺《おれ》たちの主人公への好感度は最悪だぞ
・花依を見習えよ
「――そのうるさい口を私の口で塞《ふさ》いでやろうかと思ったぜ」
・なんでだよ!!
・なんでそうなるw
・開幕から飛ばしすぎだろ
・実行しないだけ偉《えら》い
「やれやれと頭を振《ふ》りながら席に着く。すると、隣にいた茶髪《ちゃぱつ》ポニテの美少女が声をかけてきた」
・お、ツナマヨか
・異様にビジュ良いなこのゲーム……
・茶髪ポニテ陽キャを卑屈《ひくつ》オドオド百円おにぎりが演じられるのか？
いよいよここでツナちゃんの登場だ。

大丈夫かな、と横目でツナちゃんを見ると、すでに演技のスイッチが入っているようだった。

　これなら安心だ、ということでゲームを進める。

「君、初日から遅刻なんてロックじゃん！　ね、名前教えてよ！　私、君と仲良くなりたいな」
・おいおいおいおい
・これがツナマヨの姿か……？
・めちゃくちゃ上手ぇじゃねぇか
・初日から遅刻して教師の叱責《しっせき》にも反抗的《はんこうてき》な態度取ってるやつとよく仲良くなろうとしたな
　なんか一人だけメタ的にゲームにツッコんでる人がいるけど、ちょっと面白《おもしろ》いのでそのままにしておこう。

「私か？　私の名は――」

　ここで名前入力の欄が出てきた。

　どうやら自由に名前を決められるようだ。

　うーん、と悩《なや》みながらクラちゃんに視線で訴《うった》えかけると、彼女《かのじょ》は私を指差してからゲーム画面を指差した。

　なるほど。花依琥珀で良いってことね。

「私の名は花依琥珀。お前は？」

「私は――」

ここで再び名前入力の欄が出てきた。

ヒロインの名前まで決められるゲームって珍《めずら》しいんじゃない？　まあ、私がそのままならツナちゃんもそのままの方が良いよね、ということで。

「私はおにぎり！　って、ちょ、花依さぁん⁉」

・草

・適当につけるなｗ

・ヒロインの名前がおにぎりのゲーム嫌《いや》すぎるｗ

思わず素に戻《もど》るツナちゃんに、耳元で変更《へんこう》不可能だから頑張《がんば》ってね、と囁《ささや》いてサムズアップ。

ツナちゃんは諦《あきら》めた様子でセリフを続けた。

「私はおにぎり！　これからよろしくね！」

「ああ、可愛い子ちゃんなら大歓迎だぜ」

「可愛いだなんてそんな……おもしれー女」

・お前が言うのかよ！

・それ言うのキャラ的に主人公だろ
・今のところお前のほうがおもしれーよ。名前おにぎりだし
・シナリオ無茶苦茶《むちゃくちゃ》すぎるてw
　コメント欄ではツッコミの嵐《あらし》である。演技中じゃなかったら私も全力でツッコんでると思うし、今は笑いをこらえるのに必死だよ。

「そんなこんなで仲良くなった隣の席のおにぎr……ブフッ！　……ごほん、おにぎりはとても私好みの美少女だ。さて、どうやって堕としてやろうかな」
・笑うな
・お前が始めた物語だろ
・立ち絵のツナマヨが微妙《びみょう》な表情してるのかなり貴重なシーンだろw
「そんなことを考えていると、教室の扉がスパーンと開いた。そこにいたのは……ゲゲッ、お前は幼なじみの――」

　ここでまたまた名前入力の欄が出てきた。

　どうやらクラちゃん登場のシーンらしい。

　私は迷わずに名前にクラシー、と打ち込み、一仕事終えた気分になりながらエンターボタンを押し込んだ。

その際隣から圧を感じたけど気のせいだと思う。
・クラシーはそのまんまなんかいw
・ツナ虐たすかる
「お前は幼なじみのクラシーじゃねぇか。なんだ？　またいつものお説教か？」

「当たり前でしょう？　早速遅刻《さっそくちこく》をしたと聞きましたよ。昔からあなたはいつもちゃらんぽらんで適当で――」

「あー、はいはい分かりました」

「ハァ……とりあえず今から生徒会室に来なさい」

「へいへい」
・……クラシー演技上手《うま》くね？
・上手いどころじゃないぞ。息の入れ方とか声量とかプロレベルだろこれ
・まったく違和感《いわかん》なかったんだけどw
……すごい。完璧《かんぺき》だ。

クラちゃんの演技は、演技らしさが一切《いっさい》ない。キャラがクラちゃんに似てるのもあるけど、それだけじゃない。

自然体で演技をする。これは凄まじい程《ほど》に難易度が高い上に、演技を中途半端《ちゅうとはんぱ》に学んで

いると『今自分は演技をしている』というバイアスがかかってしまい、更《さら》に難しくなる。

その点クラちゃんは、まさしく自然体での演技をしている。

つまりは、クラちゃんの演技力が遥《はる》かに高いことを示していた。
・なんでこの演技力がシナリオ無茶苦茶な百合ゲーで初めて発揮されてんだよｗ
それな。とはいえ、私も負けてられない。

今は一旦《いったん》演技に集中しよう。

「こんなとこまで連れ込んで何がしたいんだ？　生徒会長サマは」

「も、もう。分かってるでしょ？」

「「ん？」」

雲行きが怪《あや》しくなってきたシナリオに、私たち三人は揃《そろ》って首を傾《かし》げる。

「ほら、言ってみろよ。自分の立ち位置を」

「わ、私はあなたのペッ――って言えるわけないじゃない！　こんなセリフ！」

ついにクラちゃんが顔を真っ赤にしながら吠《ほ》えた。

途中《とちゅう》まで言ってたけどね。

とはいえ……うーん、なんかおかしいぞ？　と思っていると、ツナちゃんが恐る恐る手を挙げて言った。

「あ、あのぉ……このゲーム、調べたらR18ゲームの全年齢版らしいです……」
「Oh……まじかぁ」
「道理でところどころおかしかったのね……」
・脈絡《みゃくらく》なかったりセリフが歯抜《はぬ》けしたりしてるっぽい部分はそういうことかw
・ちゃんと調べろ花依ィ！
・クラシーの羞恥《しゅうち》シーンが見られたのでワイは満足やで
全年齢版にしてはだいぶ過激だな、と思ったけど一先《ひとま》ず……ゴゴゴと地響《じひび》きが鳴ってそうなくらいに怒《おこ》っているクラちゃんを鎮《しず》めるとしようかな。

8. それでいいの？　このままでいいの？

プロちゃんに勉強を教え続けること一週間。

ツナちゃんの教え方がやはり彼女に刺《さ》さったようで、完璧とは言わずともある程度の学力を会《え》得《とく》することができた。

これも全てプロちゃんが努力した成果だ。

これには何もしてない私とクラちゃんも思わずニッコリ。

応援《おうえん》していたいのは私もクラちゃんも一緒《いっしょ》の気持ちで、ツナちゃんがプロちゃんに勉強を教えているのを二人でニコニコしながら眺《なが》めていた。

なんかもう空間がてぇてぇだった。

プロちゃんは人の懐《ふところ》に入るのが上手いし、純粋無垢ではあるものの、無意識下で測っていた距離《きょり》感が絶妙《ぜつみょう》だった。

私たち二期生との仲も良好だし、そろそろコラボを誘ってみるタイミングとしては頃合《ころあ》いかもしれない。

今すでにSNSでは、プロちゃんがコラボをしないことに関しての憶測《おくそく》が流れ始めている。

私たちはお客さん……つまりはリスナーがいてこそ成り立つ職業であり、イメージというのは非常に大切だ。

ここで憶測を払拭《ふっしょく》しておかないと、後で色々と掘《ほ》り起こされて面倒《めんどう》なことになる恐れがある。

「そろそろ休憩《きゅうけい》にしよっか。あとマネージャーさんがツナちゃんとクラちゃんのこと呼んでたよ」

「あわわ……呼び出し……」

「軽い打ち合わせかしら？　あら、本当ね。メールが来てるわ」

パンっ、と手を叩《たた》いて注目を集める。

そろそろ集中の切れるタイミングだったし、丁度マネージャーさんからツナちゃんとクラちゃんに用事がある旨の全体メールが送信されていた。

なぜかツナちゃんは呼び出しにトラウマがあるのか、顔を青くしながら部屋を出ていき、その様子を呆《あき》れ顔で見ながらクラちゃんも後を追った。

必然的に私とプロちゃんは二人きり……ふふ、計画通り……。まあ、偶然《ぐうぜん》だケド。

「どう？　プロちゃん。勉強の進み具合は」

「分からないことが分かるようになる、ってこんなに楽しかったんだって思ったのだ！」

「それが勉強の醍醐味《だいごみ》だからねぇ～。分からないを分かるに変えたのは、純粋にプロちゃんの努力があってこそだよ。よく頑張ったね」

菩薩《ぼさつ》のような笑《え》みでプロちゃんを褒めると、彼女は少し顔を赤くして視線を逸《そ》らした。あらやだ可愛い！　とニマニマしながら頭を撫《な》でる。

「子ども扱《あつか》いするのはやーめーるーのーだー！」

「ごめんごめん。可愛くてついつい、ね？」

「もう、花依《はなより》はそればっかりなのだ……」

可愛い子を愛《め》でるのは義務だと思うんです。義務というか使命？　誓《ちか》い？　意志？　まあ、目の前にてぇてぇの要素があって、それに手を出す（意味深）のは当たり前だよね、ってこと。

据《す》え膳《ぜん》食わぬは花依《私》の恥《はじ》。

――そろそろ本題に入ろう。

私は意識を切り替《か》え、目の前のプロちゃんを見つめる。

「ど、どうしたのだ?」

「プロちゃんさ。私とコラボしない?」

「え――」

もうド直球に行くことにした。

遠回しに言ったって意味は無いし、プロちゃん相手なら何も隠《かく》すことなく直接言ったほうが良いと判断した。

いきなりの誘いに固まるプロちゃんは、少しの間沈黙《ちんもく》し――力無く首を横に振った。

「コラボは……ダメなのだ」

「どうしても……?」

「……」

頷《うなず》くプロちゃんの意思は固いように思えた。

けれど、私には彼女が迷っているようにも見えた。

勉強会ではあんなにも楽しそうだった。それがコラボを受け入れる理由にはならないけれど、時折プロちゃんが私たちを見つめる視線が寂しそうなのは、迷ってるからじゃないのだろうか。

……かつて私は、クラちゃんに踏《ふ》み込むタイミングを間違えて失敗した。自分ならできる、なんて驕《おご》りがあったからだ。決断を急《せ》くのは私の良くない癖だと思う。

けれど、ツナちゃんはそれ……お節介《せっかい》は私の良いところだとも言ってくれた。

――何度も言ってるけどね。

寂しがってる女の子を一人にできるほど、私は浅い夢を抱《かか》えてなんかいない。

全員堕とす。その言葉《夢》を大言壮語《たいげんそうご》にしないために私がいるんだ。

額から汗《あせ》が流れる。

緊張を胸に秘《ひ》めながらも、それを表情に出してたまるものかと堪《こら》え、私はプロちゃんに……いや……ＶＴｕｂｅｒ、プロミネンスに問いかけた。

「ねえ、どうしてコラボがダメなのか……聞いても良い？　私はあなたのことを知りたい。コラボできない理由が何かあるなら、それを取っ払《ぱら》うお手伝いがしたい」

私の言葉に、俯《うつむ》いていた顔をぱっと上げる。

すぐに理由を聞けるだなんて思ってない。けど、あなたの味方はここにもいる、ってことを伝えたかった。

その上で、何かできることがあれば何でも手伝う。そんな心積もりだった。

「――れるのだ」

「……ん？」

「――バレるのだ……コラボすると!! リスナーにアホなのがバレるのだ……ッ！ ソロ配信の時もただでさえ取り繕《つくろ》うのに必死なのに、コラボなんかしたらボロが剥《は》がれてボロッボロになるのだ……!!」

いや、あなたのボロ、すでにボロッボロだよ、とはプロちゃんの悲痛な表情を見たら言えなかった。

う～～～ん……？ え……？ いや、思ったより素直《すなお》に白状するんだなぁ、って驚《おどろ》きもあるけど、そこ⁉ 私の重すぎる決意は⁉

――と、内心わやくちゃになった私だったけど、色々な過去を思い出してはたと気づいた。

……ＶＴｕｂｅｒとは夢を見せるものだ。

リスナーに。そして時には自分自身にすら夢を与《あた》えてくれる。そんな素敵《すてき》な職業だ。

夢を見せて、夢を与えて、夢を魅《み》せる。

だからこそ、自分の理想の姿を大好きなリスナーに常に見せていたいと思うのは当然なのかもしれない。

私だってリスナーに不甲斐《ふがい》ない姿を見せたくない。

花依琥珀《こはく》として相応《ふさわ》しい振る舞《ま》いを常に見せていたいし、VTuberになったからにはリスナーに夢を与えたいと思っている。

まあ、これはVTuberに人生賭《か》けたやべーやつの思ってる言葉だしそこまで深く考える必要はないと思うよ？

でも、大なり小なり、リスナーに対して良いところを見せたいって想《おも》いは誰《だれ》だって持っているはずだ。

プロちゃんがリスナーにアホバレしていないと本気で思い込んでるからこそ、今回の白状があるわけで。

裏を返せばリスナーのことが大好きすぎて不甲斐ない自分を見せたくないからって……理由が可愛すぎる。あ、決して馬鹿にしてるわけじゃないからね。

「プロちゃん……」

「花依……」

――ただ、勘違《かんちが》いしたまま道を閉ざすのはもったいなさ過ぎるでしょうが!!

絶妙にすれ違《ちが》ってる！　しかもＶＴｕｂｅｒ人生に関わる根幹的なすれ違いだ。エゴサしないのも拍車《はくしゃ》をかけてる。

こんなの許しておけるわけがない。リスナーが好きで、そのためなら苦手な勉強だって一心に取り組んでいるというのに。……それが報《むく》われないなんて、努力を報わせてきた私が許さない。

だから私は、ポンッとプロちゃんの肩《かた》を優《やさ》しく叩いて笑顔《えがお》で言った。

「――バレてるよ。アホなの」

「……はえ？」

何を言っているか分からない、と疑問符《ぎもんふ》を浮かべて呆《ほう》けた返事をするプロちゃん。

「プロちゃんがアホで……だけど、とっても可愛《かわい》らしい女の子だ、ってリスナーにバレてるよ」

「え……えっ、そ、そんなわけないのだ！　我の擬態《ぎたい》は完璧なはず!!」

擬態て。本気でそれを思い込んでるのもプロちゃんの可愛らしいところだケド。

「プロちゃんさ、エゴサしたことないでしょ。自分がリスナーからどう見られてるかって、案外自分じゃ分からないもんだよ？」

「じゃ、じゃあ我はリスナーから実は嫌《きら》われたり――」

青い顔で危険な思考をしようとしているのを、プロちゃんの鼻先をツンと突《つつ》くことによって止める。

「はい、ストップ。思い込みで判断しちゃだーめ。思い出してみて。プロちゃんが配信して……目の前にいてくれているリスナーはどんな反応をしてた？　嫌悪《けんお》？　怒《いか》り？　……違うよね？　……まあ、これぱっかりはプロちゃんにしか分からないと思うけど、きっと悪い反応じゃない。そうでしょ？」

畳《たた》み掛《か》けるように言ってしまった。

私は少し深呼吸をして一拍《いっぱく》空ける。そして、プロちゃんが話し出すのをできる限り優しい表情で待つ。

「……リスナーは、いつも楽しそうに我の言葉を聞いてくれて、我のしたいことをさせてくれる。愛されている、と思うのだ」

プロちゃんはポツリと呟《つぶや》くように言った。

それこそが私の求めていた言葉だ。

「うん。……たとえ、さ。リスナーにプロちゃんが抜《ぬ》けたところがあってアホだって知らなくて、何かが切っ掛けでバレても……もし、実は知っていても、プロちゃんがリスナーのことが大好きなように、リスナーもプロちゃんのことが変わらず大好きなんだよ」

確信を持って言える。プロちゃんはリスナーに愛されている。嘘《うそ》をついたら死ぬぞと脅《おど》されても、私は満面の笑みで同じことを言うに違いない。

――思ったよりも、ライバーの感情というのはリスナーに伝わるものだ。

隠していても不調に気づかれたり、口では恨み言を言っても、実はリスナーのことが好きってことも……意外とバレていたりする。

そしてそのことにライバー自身が気が付かないことも。

プロちゃんは私の目を見つめながらも、少しずつ捻《ひね》り出すように辿々《たどたど》しく言葉を紡《つむ》ぐ。

「花依の言いたいことは分かるのだ。でも、それを信じ切れない自分もいて。けど、リスナーのことは大好きで……えっと」

「ゆっくりで大丈夫だよ」

ポンポンと背中をさする。

会って一週間ちょっとの私の言葉を信じられないのは当たり前の話だ。

完全に信じてもらわなくたって良い。今はただ彼女に気づきを与えるだけで良い。それがお節介だって分かっていても。

プロちゃんは上手く言葉を出せないようで、唇《くちびる》を噛《か》むように唸《うな》りながら黙《だま》る。

だから私は、彼女の瞳《ひとみ》を真正面から見つめながら言った。

「プロちゃんはさ。本当にそれでいいの？　――このままでいいの？」

「――っ」

私の問いかけに、プロちゃんは驚愕《きょうがく》の表情で私を見た。

「――コラボ、してみるのだ」

「プロちゃん……！」

すべての感情を呑《の》み込んだように、静かにプロちゃんは宣言した。しかしそこに悪感情はなく、ただただ決意を瞳に宿している。

思わずといった様子で立ち上がる私だが、プロちゃんはそれに待ったをかけた。

「――ただ、初めてコラボするなら、花依じゃないのだ」

「――エ」

私は溶《と》けた。

N
O

☆☆☆

Side　プロミネンス

昔からどこか人とズレていると言われていた。

人と話すことは好きだったけれど、自分の話したいことを心の中でまとめることができなくて、相手に微妙な表情を与えることが多かった。

そのせいか友達の一人もできなくて……それでも両親がいたし、別に寂《さび》しくはなかったと思う。


『いつかあなたのことを受け入れてくれる人と出会える』


母親のその言葉だけが頼《たよ》りだった。

でも、受け入れてくれるのを待っているだけなのも嫌で、自分を変えようと決意した。

親しみやすくするには……幼心ながらに思いついたのは——憧《あこが》れたアニメキャラの口調にすること……だったのだ！

一人称《いちにんしょう》「我」。語尾《ごび》「〜のだ」。

母は「なしてそうなった……」と頭を抱えていたけど、それしか思いつかなかったから仕方ないのだ。

ちなみに、口調を変えてから迎《むか》えた中学校生活も高校生活も、当たり前のように友達ができなかったのだ……誰でも知ってるアニメキャラなのに……。

首を傾げながらも日々を過ごしていると、ある日SNSで『VTuber募集中《ぼしゅう》！』という広告を発見した。

そもそもVTuberってなんなのだ？　と思って調べてみると、何やら顔を隠して二次元上で配信活動をする人たちらしい。

これを見た時、ドキリと胸が高鳴った。

もしかしてここなら、我を受け入れてくれるんじゃないかって。居場所を作ることができるんじゃないかって、そう思えたのだ。

「母！　我、VTuberになるのだ!!」

「はい？」

まーた変なこと言い出したよこの娘《むすめ》は……と言いたげな視線で疑問符を浮かべる母。失礼なのだ。別に普段《ふだん》から普通《ふつう》なのだ。

「……ま、あなたが決めたことなら良いんじゃない？　お母さん応援するわよ」

「……っ、ありがとうなのだ！」

最後にはフッと笑いながら許してくれた母にはとっても感謝している。今の我がいるのも、我の好き勝手を許してくれた母のお陰《かげ》なのだ。

……そんなこんなで秒速で応募《おうぼ》して、秒速で面接をした。……最初はこのままで良いのかな、なんて思ったけど、面接の注意事項《じこう》に『あなたのありのままの姿を見せてください』と書いてあったのを信用して、我として面接に挑《いど》んだ。

結果は合格して……我は心から大切だと思える居場所を見つけたのだ。大好きだ、って胸を張って言える場所を。


「嫌われたくない……のだ」


活動をしていく上で、我は大好きなリスナーに嫌われたくない思いでいっぱいだった。折角《せっかく》手に入れた場所を失いたくなかったから……だから我は賢《かしこ》い系のキャラで行こう！と決意したのだ。

アホはきっとよろしくない。賢いならみんな好きでいてくれる……はず、という考えのもと。

さて、賢いってなんなのだ？

検索《けんさく》してみたり母に聞いてみたりして、結果的に『色んなことを知ってる人』という結論に至ったのだ。

とはいえ我は何も知らない。覚えようとしても13秒くらいで物事が吹《ふ》っ飛ぶのだ。

だからとりあえず知ったかぶりをすることにした。よくよく考えたら知ってるような気がするから知ったかぶりでもないかもしれない……これは嘘なのだ。

「それでいいの？　このままでいいの？」

母は問いかけてきた。

けれども、これ以上何も思いつかなかった我は、これでいいのだと自分を納得《なっとく》させるしかなかった。

「それでいいの？　このままでいいの？」

――そして再びその問いを……母ではなく花依にされた時、我は――

――このままじゃダメだ。

そう思うことができた。

母と同じように我のことを信じてくれた花依。

嫌な顔一つせずに我に分かりやすく勉強を教えてくれて、勉強の楽しさを知った切っ掛けになったツナマヨ。

花依と同じように我のことを信じてくれて、ずっと応援してくれたクラシー。

こんなにも我には味方がいた。大好きな居場所には、リスナーの他にも味方がいたのだ。

だから我はコラボをすると決心した時、まずはあの人とコラボをしようと思ったのだ。

『アナタがそう決めるのであれば、アナタの意見を尊重します。ですが、一人のＶＴｕｂｅｒとして、ワタシはアナタとコラボできる日を願っています』

何度もコラボを断っても、そんな言葉を送ってくれたあの人と――。

9. やれることは全部やるんだ

TS tensei shita watashi ga shozoku suru VTuber jimusho no liver wo zenin otoshiniiku hanashi

私はプロちゃんからコラボしたい相手を聞き、その相手が自分ではないことに十五分ほどショックで溶けた（物理）。

だけど、無事に（？）「学力王決定戦が終わった後にコラボしよう」という言質《げんち》を取ることによって復活を遂《と》げた。ふふ、ただでは転ばないよ、私は。

厚かましいとか言ったやつは黙ろうね！


さて……肝心《かんじん》のプロちゃんがコラボしたい相手――それは彼女の同期であり、私の先生でもある宇宙《そら》さんのことだった。

「コラボを断り続けてきたのに、我のことをずっと気にかけてくれてたのだ。だからこそ……最初にコラボするなら宇宙なのだ。それだけは絶対に譲《ゆず》れない」

「プロちゃん……うん、そうだね。私もそれが良いと思う」

強い決意の灯《とも》った瞳だった。

私もそれが道理だと思うし、何よりプロちゃんが強くそう願うなら全力で応援したい。むしろ勝手に期待して勝手に溶けた（？）私が未熟すぎる……。まーた反省ポイント追加だ。

──というかだけど。

先生は冷たいと思われがちだけど、物事に対する情熱は激しくて、同じ目標に向かう人間に対してはどうしても甘《あま》い。

それがプロちゃんにも発揮されていたことは、私にとっても喜ばしいことだ。

先生にとってもプロちゃんにとっても、やっぱり同期というのは特別な存在に違いない。

私だってどうしてもツナちゃんやクラちゃんには同期としてのバイアスがかかるし、どことなく甘やかしたくなる気持ちが湧《わ》いてくる。普段は我慢《がまん》してるけどね。

「よぉし！　プロちゃん！　コラボに関する複雑な面倒事は私に任せて！　プロちゃんは宇宙さんに連絡《れんらく》！」

バチン！　と自らの頬《ほお》を叩き叱咤《しった》する。

突然《とつぜん》の出来事に目を丸くするプロちゃんのことを気にすることなく私は、バッと立ち上がり口を開く。

「で、でもそれは我がすべきで――」

「人を頼ることも大事だよプロちゃん。――今あなたは大きな大きな一歩を踏み出そうとしてるんだ。その門出《かどで》くらい祝わせてよ。雑事を取り払《はら》うくらいは私にだってできるんだから」

というかむしろさせて！（圧）

……というのは冗談《じょうだん》だとしても、全部自分でする必要なんかない。人に頼ることだって立派な行動だ。

特にプロちゃんは今はコラボとか人間関係の方に集中してもらいたい。雑事に追われてそれが疎《おろそ》かになるのは本末転倒《ほんまつてんとう》すぎるよねって話。

「……ありがとうなのだ。じゃあ花依《はなより》に――」

お願いするのだ……と言いかけて、突如休憩《とつじょきゅうけい》スペースの扉《とびら》がバタンと勢いよく開かれて――

「「話は聞かせてもらった!!」」

――変な生物が二匹《ひき》出現した。

一人は黒いオドオドした生物で、一人はやけにワクワクした表情の赤髪《あかがみ》ツインテールの生物。

……まあ、ツナちゃんとクラちゃんだね。

とりあえず私はマジレスすることにした。

「普通に出てきたら？」

「一度で良いからこのセリフ言ってみたかったのよね」

「君はそっちじゃないと思ったのに……ツナちゃんが乗っかるのは分かるから置いておくケド。どうせ、や、やめときましょうよ……とか言いながらニヤけて後に続くのが見える」

「わ、私より私への理解度が深い……っ」

一気に場は騒然《そうぜん》となって、プロちゃんはずっと頭にはてなマークが浮《う》かんでいる。……ごめんね、このお馬鹿さんたちのせいで。

「冗談はこれくらいにして……花依さんがまた何かするのでしょう？　詳《くわ》しくは分からないけれど協力するわよ」

「わ、私も同じく……。プロミネンスさんにはまだ勉強教えてる途中ですし……さ、最後までやり遂げるのが筋かなと……！」

「なるほど、ね。詳しいこと聞いてないのにそんな安請《やすう》け合いして良いの？」

「……誰かさんが、困ってる人を助けるのは当たり前だと言わんばかりに突っ込《こ》むんだもの。癖《くせ》が移っちゃったのかしらね」

やれやれと肩を竦《すく》めるクラちゃんと、真似《まね》しておくかと私とクラちゃんに視線を右往左往させながら同じように肩を竦めるツナちゃん。後者はムカつくから無視しよう。

というかクラちゃん、暗に私のこと計画性も無しに勢いで突っ込む人間って言ってない？　さすがに拡大解釈《かいしゃく》？

「ま、最終的に決めるのはプロちゃんだけどさ。どうやら、頼ったらダメな人間がここにはいないみたいだよ」

同期に倣《なら》って肩を竦める私。

二期生を見つめるプロちゃんの目には、キラリと光るものがあった。

それを強引《ごういん》に拭《ぬぐ》い去り、プロちゃんはいつものように弾《はじ》ける笑顔で言った。

「みんな……ありがとう……協力してほしいのだ！」

こうして二期生の徹夜《てつや》作業が始まった。

――え？

☆☆☆

当たり前だけど、ライバー個人の裁量で大掛《おおが》かりなコラボを行うことはできない。

同期同士のコラボとか、慣れ親しんで信用されたコンビのコラボとかはまた別だけど、プロちゃんに至っては初めてのコラボ。

すでにファンが多くいるVTuberの初コラボなんて、リスナーにとってはまさしく寝耳《ねみみ》に水《みず》。宣伝もそれ相応に大掛かりなものになる。

お願いしまーす、コラボやらせてくださーい、なんて簡単に通る話ではない。ましてや私がコラボするわけでもないし。

あと一期生のマネージャーと繋《つな》がりがない。これが一番のネックなんだけど、私のスマホに全てを解決する一つのヒントが眠《ねむ》っていた。

「上の人に丸投げすれば良いか」

これは実は裏情報なのだが、肥溜《こえだ》めの事務所に合格した時、合格を伝えるのはマネージャーではない。

じゃあ誰って？

――社長だ。

今の肥溜めを作り上げた百合《ゆり》の化身《けしん》、天原司《あまはらつかさ》。

肥溜めリスナーからは、生ける伝説。実は一番やべぇヤツなんかじゃないか説。実はVTuberやってる説……など色々好き勝手に言われている人だ。

面接対応とか合格連絡も含《ふく》めて、至極《しごく》まともな人だと私は思ったし、実際口調も凄《すご》く丁《てい》寧《ねい》だったから少し驚いた。

……まあ、それはさておき、つまり社長から連絡があったイコール社長の連絡先《れんらくさき》を知っているということである。

「イッツ・ア・社長に直電！」

めっちゃ失礼だし非常識、って言葉は全て拝領する所存。幾《いく》ら怒られたって良いし、何らかのペナルティを食《く》らっても構わない。

それでも、『学力王決定戦』の前にコラボを行うには、どう考えたってこれ以上のアイディアが浮かばなかった。

どれだけ根回しして頑張《がんば》っても確実にコラボに漕《こ》ぎ着けるまで一週間かかる。生憎《あいにく》とそんなに待ってられないんだよね。

「それでも」

だけど……あの社長なら。誰よりもライバーのことを考えた運営体制を取っているあの社長なら。

……その可能性に賭けるしかない。

私は緊張《きんちょう》に震《ふる》える手を無理やり押《お》さえつけて、いつものように笑みを浮かべる。

そしてコールボタンを——押した。

ワンコール……ツーコール……スリーコール……フォーコール——繋がった。

『おやおや。おやおやおやおやおや……これはこれは珍《めずら》しい。ライバーから直電が来るのは初めてだよ。花依琥珀《こはく》。合格を告げたあの日振《ぶ》りかな？』

……なんか凄《すさ》まじく楽しそうなんだけど、この社長……。というかこんな喋《しゃべ》り方《かた》だったっけ？

敬語だしもっと落ち着きがあったけど……あの日と声音《こわね》は一緒だ。紛《まぎ》れもなく社長なのは間違《まちが》いない。

「お久しぶりです社長。突然のご連絡……直接のお電話による非礼、お詫《わ》びいたします。――社長に一つ、お願いがありまして」

『ふむ。君の行動は割といつも突飛《とっぴ》だが、考え無しとは思えない。話したまえ……あぁ、話しにくいから畏《かしこ》まらなくて良いよ』

……とりあえず門前払《もんぜんばら》いは避《さ》けられた。

それに畏まらなくて良いと言われたのはかなりデカい。私のありのままの言葉を、感情を言うことができるから。

……一呼吸置く。私はド直球に言った。

「――一期生、プロミネンスさんと宇宙さんのコラボを三日以内に行いたいんです。社長にはそのための協力をしてほしいんです」

『……ン？　なぜそれを君が頼《たの》むんだい？　プロミネンスくんや宇宙くんが言うならまだしも、君が言う理由はないだろう？』

「ええ。それに、物事を頼むのに他人を介《かい》すのはいたく道理がなってないことも理解できます。ですが、私はプロミネンスさんに協力して欲《ほ》しいと頼まれました。一歩を踏み出して、コラボをするために」

まず私は、プロちゃんのプライベートに触《ふ》れないように気をつけながら、社長に簡単な事情説明を行った。

聴《き》き終えた社長は『ふむ』と悩《なや》むような声音を発して言った。

『君が協力する理由は分かった。プロミネンスくんと宇宙くんとの繋がりもね。だが、普通にコラボ申請《しんせい》をすれば良いだろう？　何も無理に学力王決定戦の前にしなくても良いはずだ』

ここで必要なのは、感情的な説明ではなく論理的な説明。『学力王決定戦』の前にどうしてプロちゃんと宇宙さんのコラボをする必要があるのか。

その解は私の中に眠っている。

「初めての箱内コラボ。私たちライバーにとっても、事務所的にも絶対に成功しなければならないイベント……そうですよね？」

『そうだね。大掛かりなイベントの失敗は、事務所のイメージダウンにも繋がる。何よりも、思ったより悪評は君たちの精神にも影響《えいきょう》が出るものだ。それだけは避けたい』

「成功させるなら……出演者にわだかまりが無い状態なのがベストだとは思いませんか？それに、宇宙さんはともかく、プロミネンスさんはそういった事情を裏に秘めたまま箱内コラボを進めることはできません。合理的に考えて、ここでコラボを行うことによってわだかまりを解くことが最重要なのではないですか？」

『そもそもの問題、コラボをすることでわだかまりが無くなるという保証はあるのかい?』

「うっ、それは……」

それは確かに懸念《けねん》点だった。

むしろもっと溝《みぞ》が深まる可能性だってある。そうならないようにしたいし、きっとそうはならないだろうという予感はあるけど——それは感情論で、なおかつ根拠《こんきょ》のない曖昧《あいまい》な持論。

リスク管理をする上では唾棄《だき》されることだ。

痛いところを突かれた私が思わず黙る中、社長は通話越《ご》しにくつくつと笑いながら言った。

『くくく……君に合理だとかそれが最善とか、そんな言葉は似合わないさ。何がしたいんだい? 言ってみろ花依琥珀。君は今、何を願っている?』

「——全員仲良くハッピーエンド。綺麗事《きれいごと》でも、私はプロちゃんと宇宙さんがわかり合えるって信じてる。絶対に」

『根拠は?』

「ふふ、あるわけないじゃないですか。そんなの、必要ないでしょ。——私が信じてればそれでいい」

声音で。

忍《しの》び笑《わら》いだったのが、ダムが決壊《けっかい》したかのように社長は大声で笑った。酷《ひど》く楽しそうな

『ハッハッハッ!! それでこそ肥溜めだ！ 君を見込《みこ》んだ私はやはり間違えていなかった！ ふっ、良いだろう。協力しようじゃないか。精一杯《せいいっぱい》の社長権限を使って、ね』

「社長……！」

どうやら私の滅茶苦茶《めちゃくちゃ》なプレゼンがお気《き》に召《め》したようだ。傍《はた》から見れば何言ってんだこいつ、って感じだけど、実際アレが本音なんだから仕方ない。

結果オーライってやつだよ、うん。

心の中で成功を祝っていると、社長は一転変わって『ただし』と条件をつけてきた。

『書類関係の作成、ＳＮＳでの宣伝。各種関係者への説明……などなど手伝ってもらうよ。私は悪い大人だからねぇ。学校も休んで頑張ってもらうよ』

「ええ、勿論《もちろん》です。それに、お手伝いするのは私だけじゃないですよ？」

『……なるほど、それは実に頼もしい』

どうやらクラちゃんとツナちゃんのことだと察したのか、電話越しに「ニヤリ」とした表情を幻視した。

社長は最後に『説明と説得は私がしておくから、君たちは明日以降マネージャーに確認《かくにん》

したまえ』、と言って電話を切った。

☆☆☆

Side　天原司

何でもできるようでいて、何かをするには他者の力が必要である。

これが花依琥珀の総評だ。

まあ、花依琥珀だけでなく多くの人間が該当《がいとう》する……所謂《いわゆる》当たり前のことではあるが、こと花依琥珀という人間においては大抵《たいてい》のことは一人でできてしまう。

だからこそ、人を頼ることができるかが問題点だと思っていたが……。

「どうやら心配ないようだ。私の杞憂《きゆう》だったかな？　それとも、私が思う以上に彼女《かのじょ》が成長していたのか……。やれやれ、若人《わこうど》の成長は早くて嫌《いや》になるねぇ」

「年寄りくさいこと言ってないでさっさと仕事してください」

「おやおや。君に関係することだというのに。私と花依琥珀の通話内容はおおよそ把握《はあく》しているだろう？」

「私も……彼女から連絡が来ました。何が起きているかは予測できます……が、私には関係のないことです」

ツン、と顔をそらすスーツ姿の麗人《れいじん》……私の秘書は、傍から見ればとても冷たく見えることだろう。

だが、毎度言葉が足りないことが欠点だ。

「それは……あくまで今の君は、だろう？」

「私、公私は分けるタイプですので」

スチャっとメガネのズレを直して、そんなことを宣《のたま》う。まあ、確かに秘書の君には関係のないことさ。

とはいえ……私はニヤリと底意地の悪い笑《え》みを浮かべて、彼女の痛いところを突いた。

「その割には随分《ずいぶん》と嬉《うれ》しそうなニヤけ顔ではないか。ハッハッハ！　折角の格好良いセリフも、その表情では形無しだな！」

ゲラゲラと笑いながら指摘《してき》すると、秘書は無言で席を立ち私の机にドサッ！　と書類の束を置いた。

一体なんだ、と彼女を見ると、その瞳は凍《こご》えるような冷たさを纏《まと》っていた。

「半休を使います。残りの書類、頑張ってください」

「え、ちょ、え……じょ、冗談じゃないかぁ。さすがの私もどれだけ頑張ってもこの量は捌《さば》けないというかだね……」

「自業自得《じごうじとく》かと。あ、ワタシはVTuberとしての色々な準備があるので失礼いたします」

「もう私《し》になってる⁉　ちょ、本当に帰った⁉　――くっ、今日は徹夜か……」

薄情《はくじょう》なやつめ……社長を何だと思ってるんだ……。

☆☆☆

「何でもできる。今ならどんなことでもできる気がするわ。完全無欠のクラシー、誕生よ」

「ヒョヒョヒョヒョ……うひゃひゃひゃひゃ‼」

「何この地獄《じごく》みたいな光景」

絶賛徹夜中の二期生は、この普段《ふだん》徹夜《てつや》しない健康児どものせいで瓦解《がかい》していた。

クラちゃんは生活リズム狂《くる》ってるはずだけど、何やら今日のために無理に早起きをした結果こうなったらしい。ツナちゃんは……うーん、触れたくないね！

「あなたが作り出したんですよ、花依さん」

「今一否定できない……というか事実だから何も言えないですねぇ！」

隣《となり》で呆《あき》れたように呟いたのは、更《さら》に隈《くま》を濃《こ》くした私たち二期生のマネージャーである。

本当は誰《だれ》も巻きこまずに私たちだけで完結させる予定だったのだが、コラボの書類や手続きに内部の事情が発生する以上は内部の人間もいなければならない……ということで自ら立候補したのがマネージャーだ。

本当にこの人は……つくづく人に恵《めぐ》まれたことを自覚しながら、私はマネージャーを後日癒《いや》しまくることにした。ふふふ……覚悟《かくご》しておくことだね。

……とまあ、私たちライバーに見せられない書類はマネージャーが片付け、それ以外を私たちで行った。……まあ、私たちがすること自体グレーゾーンなんだケド。そこは触れないで欲しい。

「花依さんも少し深夜テンションですよね。あの二人は放って置くとして」

「まあ、健康優良児ですからね。普段から日付回る前にはしっかり寝《ね》てますよ。睡眠《すいみん》は健康に直で影響しますから」

「ええ、ですね。影響された人が少なくともこの場に二人いますもんね」

私たちは騒《さわ》ぎながら手を動かすクラちゃんとツナちゃんをジト目で見つめ……うん、と頷《うなず》き合って放って置くことを再び決意した。

10. 時間を取り戻すように #合コン配信（笑）

TS tensei shita watashi ga shozoku suru VTuber jimusho no liver wo zenin otoshiniiku hanashi

『一期生コラボ』と銘打《めいう》ったツニッターの宣伝は、瞬《また》く間《ま》に拡散されていき、一瞬《いっしゅん》にして日本トレンド一位を獲得《かくとく》する盛り上がりを見せた。

なにせプロミネンスはデビューから二年ほど経過しての初コラボ。

不仲説が一部噂《うわさ》されはしていたが、それでも多くのファンからコラボを切望されていた。

『一期生コラボ、マ⁉　え、プロミネンスと宇宙《そら》だよな⁉　激アツ杉《すぎ》ィ！』

『誰だよ不仲説とか言ったやつ‼』

『二年越しの初コラボ……これはてぇてぇの予感』

『プロミネンスが初コラボするなら花依《はなより》かと思ったけど、そこはさすがに同期か』

『楽しみすぎて眠れん』

『クールと元気っ娘《こ》のコラボはマジで読めんｗ』

こんな反応が掲示板《けいじばん》やツニッターで寄せられた。誰も彼《かれ》もが一期生のコラボを楽しみにしている。

ここまで漕ぎ着けた立役者である花依含む二期生＋マネージャーは事務所でグロッキーになっているが、コラボを見逃《みのが》すことはできない……！　と某《ぼう》エナジードリンクを補給して画面を凝視《ぎょうし》している。

——コラボ開始まであと二時間。

配信スペースには、茶髪《ちゃぱつ》で小柄《こがら》な美少女……プロミネンスと、スーツをやや着崩《きくず》した黒髪《くろかみ》ショートボブの宇宙が相対していた。

両者の空気感は張り詰《つ》めていて、とてもこれからコラボをしようという雰囲気《ふんいき》ではない。

それもそのはずだろう。

宇宙は二年前のデビューからずっとプロミネンスをコラボに誘《さそ》い続けて、そのことごとくを断られてきた。

すべてはプロミネンスを心配してのことではあったものの、プロミネンスがそれを知る術はないし、どのみち彼女らにはわだかまりがあった。

「……宇宙。あの、ずっとコラボを断り続けてごめ——」

「——ようやく。ようやくアナタの口から、コラボをしたい、と聞けました。謝罪などいりませんよ。コラボをするかしないかもココでは自由意思です。それに……ワタシも性急すぎましたから」

プロミネンスの謝罪を遮《さえぎ》るように、宇宙は柔和《にゅうわ》な笑みを浮かべながら自らの意思を伝える。

宇宙自身にも非がある、と言わんばかりの言葉に、プロミネンスは堪《たま》らず手をワタワタと振りながら否定の言葉を発した。

「そ、そんなことはないのだ！　コラボは断ってたけど、宇宙からコラボしようって誘われる度に、本当は嬉しかったのだ……！　でも、ずっと勇気が持てなくて」

「その勇気を、花依琥珀《こはく》がもたらした」

「うん。確かに決心したのは花依の言葉なのだ。……でも、宇宙とコラボしたいって言ったのは我自身の意思なのだ。ずっとコラボを断ってきたからじゃない。コラボしたい、って初めて思えたのが宇宙なのだ」

その言葉に、宇宙は驚《おどろ》きを隠《かく》せない表情をする。口元を押さえる姿は照れ隠しに違《ちが》いなかった。

もしも近くに花依がいれば『ハッ！　てぇてぇの気配！』とか言い出して辺りを見渡《みわた》すことだろう。

つまりは、先程《さきほど》の剣呑《けんのん》な雰囲気は去り、どこか気恥《きは》ずかしさの漂うてぇてぇな空間になったことを指し示していた。

「ご、ごほん！　とりあえずワタシは、アナタとコラボできることを嬉しく思いますよ」

「我もなのだ！」

プロミネンスは八重歯をニッと出して目を細める。

宇宙は純粋無垢《じゅんすいむく》なプロミネンスに『やりづらい……』との評価を下した。

なにせ周りに単純な人間……否、純真な人間がいないのだ。

社長は明らかに論外。ひねくれている上に、気遣《きづか》うという言葉を確実に知らない。

そしてよく関わるライバーである花依琥珀も、色々と会話に神経を使うし、褒《ほ》められたところで、恐《おそ》らく本心であっても『お前に褒められてもな……』という思考が最速で浮かぶのだ。

——だからこそそのプロミネンス！

純粋無垢な穢《けが》れを知らない女の子で、真《ま》っ直《す》ぐ瞳《ひとみ》を見て当たり前のような表情で意思を伝えてくるのだ。

クールだろうと流石《さすが》に宇宙も心が動く。特に、実は小さくて可愛《かわい》いものが好きな彼女なら当然のことである。

宇宙はこれ以上プロミネンスに翻弄《ほんろう》されることを防ぐため、別の話を振った。

「配信では雑談枠《わく》になっていますが、基本的には質問に答え合ったり、リスナーの方々から募集《ぼしゅう》した質問に答えたりしていく、という方式で大丈夫《だいじょうぶ》ですか?」

「大丈夫……だと思うのだ? コラボしたことないから、そこら辺は宇宙に任せたいのだ」

「分かりました。進行はワタシが」

コラボの確認をサラッと終えて、再び部屋には沈黙《ちんもく》が満ちた。

だが、心地《ここち》が悪いものではない。お互《たが》いにコラボへのやる気は十分であり、今はただ昂《たか》ぶる気持ちを抑《おさ》えるだけで良かった。

「楽しみ、なのだ」

「……ええ。そうですね」

しみじみと言うプロミネンスに、宇宙は穏《おだ》やかな表情で返した。

☆☆☆

Side　宇宙

「はじめましての方も、またお会いした方々もこんばんは。一期生の宇宙です。今日はゲストがいらっしゃいまs——」
「こんばんは！　一期生のプロミネンスなのだー!!」
・一期生コラボキタァ!!
・二人の立ち絵が並んでる……夢じゃねぇぞコレ
・待ってましたァ！
・思いっきりフライングかましてて草

——ツーサイドアップのオレンジ色の髪と、キラキラ輝《かがや》く赤色の瞳。可愛らしさと子どもっぽさがマッチした天真爛漫《てんしんらんまん》な笑顔《えがお》が特徴《とくちょう》の女の子——一期生のプロミネンスが、赤と白が混じったアイドル衣装《いしょう》を身に纏っている。

更には、黒地のミニハットを被《かぶ》り、太陽を象《かたど》ったイヤリングを着けている。かわいい。

続いて画面に登場したのは、インナーに宇宙が散りばめられている特徴的《とくちょうてき》な青髪《あおがみ》ロングに、透《す》き通るような美しい青色の瞳を持った女性——宇宙《うちゅう》で、アバターの表情は無表情そのものだったが、名は体を表したような……さながら宇宙を身に纏ったような衣装がその神秘性を高めていた。

また、頭の上を回るような月の飾《かざ》りが目を引く。美しい。

——と、このようにネット上では紹介《しょうかい》されているようですね。

ワタシのアバターが常に無表情なのは社長の悪ふざけらしいですが……まあ、リアルでは無表情なのにアバターでは満面の笑みだとか脳がバグるので良いでしょう。

それはともかく、ワタシにとってもプロミネンスさんにとっても重要で念願だったコラボの初手は——彼女にセリフを遮られることによって始まりました。

「……実に元気で結構」

「はえ？」

・なんだこの空気ｗ

・#アホ面《づら》するなプロミネンス

「さて、今回は我々一期生の初めてのコラボですが、雑談枠という名の、様々な質問に答えていく回にしていきたいと思います」

「いっぱい答えるのだ！　何でも答えるのだ！」

「プロミネンスさん。何でもとか言ってはいけませんよ」

「え？　どうしてなのだ？」

・ん？　今何でもって言ったよね？

・何でもって……何でもってコト……!?
・へぇ、何でもかぁ（ﾆﾁｬｧ）
ワタシの前振《まえふ》りのような言葉に、早速《さっそく》コメント欄に悪ノリの嵐《あらし》が巻き起こります。

やれやれ……ＶＴｕｂｅｒを始めて二年ほど経《た》ちますが、未《いま》だにこのネット上の悪ノリというのは理解できません。悪感情は特段ありませんが。

ワタシは呆れ顔でコメントを指差し、アホ面で疑問符《ぎもんふ》を掲《かか》げるプロミネンスさんに悪ノリ文化を教えました。

「――こうなるので」

「ほへ？　盛り上がってて我嬉しいのだ！」

「アナタたち、こんな純朴《じゅんぼく》な娘《むすめ》を騙《だま》して罪の意識とか湧かないんですか？」
・湧いてたら言ってない定期
・湧きませんねぇ！
・カスしかおらんやんけｗ
・無知シチュって良いよね
流石は肥溜めリスナーですね。

ツッコんでも切りが無いので放っておきましょう。

「……まあ、リスナーは放っておいて早速質問コーナーへと参りましょう。プロミネンスさん。準備はよろしいですか？」

「あい！」

「……可愛いですね」
・おいこら本音漏《も》れてんぞｗ
・宇宙がデレたの初めて見たぞｗｗｗ
・流石の鉄の女も天然には勝てないか
・いやこれは可愛いだろ、うん
・ここの二人って実は相性《あいしょう》良いのか？ｗ
・ボケ（無意識）のプロミネンスとツッコミ（不本意）の宇宙か……良いな
おっと、思わず本音が。

どうやらワタシは天然で純粋無垢な女の子に弱いようです。周りに天然がいないこともそうですが、普段《ふだん》計算した会話や迂遠《うえん》なやり取りをしていることに疲《つか》れているのも理由としてはありそうですね。１００％社長のせいなので仕事を増やしておきましょうか。
・なんか花依が全智《ぜんち》相手してる時みたいな反応だなｗ
「あんな妖怪百合《ようかいゆり》ガチ勢と一緒《いっしょ》にしないでください」

・ひでぇ言い草だなw
・妖怪扱《ようかいあつか》いは草
・間違ってはいないと思うぞワイは
・【花依琥珀】ひどい（泣）
・花依もよう見てる
・本人いるのかよw
・そりゃあいつがこんな神回見逃すはずがないわなw

……予想通りと言うべきか、やはりあのバカ弟子《でし》もこの配信を見守っているようです。

徹夜でヒーヒー喚《わめ》いているのをチラリと見ましたが……いい気味です。お節介《せっかい》なバカ弟子にとって良い薬になったことでしょう。

尤《もっと》も、あれくらいで堪《こた》える生物ではないでしょうが。

「どこぞのバカのせいで本来の趣旨《しゅし》から離《はな》れてしまいましたが……さて、質問です。――好きな食べ物は何ですか？」

「ん～、きゅうりなのだ！　あのさっぱりみずみずしい感じがたまらないのだぁ……」

「マヨネーズと合いますよね。では、趣味《しゅみ》のほどはありますか？」

「配信が趣味なのだ！」

「とても良いことかと。では次に……休みの日は何をされていますか？」

「ゲームするか寝てるのだ！」
・お見合いか!!
・お見合いか!!
・【花依琥珀】お見合いか!!
はて……コメントで総ツッコミされてますが、何かしてしまったでしょうか。

首を傾《かし》げながら、隣にいるプロミネンスさんをチラリと見てみると、とても素晴《すば》らしく可愛らしい笑顔が返ってきました。何も問題ありませんね。

心の中で頷いていると、ふとプロミネンスさんがワタシの服の袖《そで》を掴《つか》みながら言いました。

「今度は我が質問する番なのだ。我も宇宙のことをもっと知りたいのだ」

質問されてばっかりはふぴょーどー、なのだー！　と変わらず笑顔で言う彼女に心を動かされながら、ワタシは「どうぞ」と内心の動揺《どうよう》を隠して冷静に取り繕《つくろ》います。
・これはてぇてぇなのでは？
・一期生てぇてぇ……だと!?
・若干《じゃっかん》宇宙がキャラ崩壊《ほうかい》してんのがおもろいわw

「宇宙は……うーんと……リスナーのことどう思ってるのだ？」

思ったより核心的《かくしんてき》な部分の質問に、私は少し驚いた目で彼女を見ました。

……大して何も考えてなさそうな表情だったので普通《ふつう》に答えることにしましょう。

「金づる」

「えぇ⁉」

・おいw

・ひってぇw

・即答《そくとう》かよwww

「――というのは冗談《じょうだん》ですが、ワタシがワタシでいるために必要不可欠な存在だと思います」

「我が我でいられるための……つまり、我がリスナーを大好きなように、宇宙もリスナーのことが大好きってことなのだ！」

「アナタがそう言うならそれで良いですよ」

・全肯定じゃねぇかw

・待てよこれ……宇宙なりの照れ隠しなのでは？

・ほう……つまり実はリスナーが大好きだと

・大歓喜

何やらリスナーが都合の良い解釈《かいしゃく》をしているようですが、ワタシはただプロミネンスさんがそう言うならそういうことなのだろうと思っただけです。……流石にネタですがね。

☆☆☆

Ｓｉｄｅ　プロミネンス

宇宙とのコラボはずっと楽しかったのだ！

我が何か言う度にポンポン言葉を返してくれるし、会話に詰まってもすぐにフォローしてくれるお陰《かげ》で、とっても話しやすかったのだ。

「それでは次にリスナーの方々から募集した質問を厳選して答えていきましょう」

「楽しみなのだ！」

どうやら次はリスナーからの質問に答えていくみたいなのだ。

宇宙が何やらパソコンで操作すると、配信画面にドンっと質問が映った。

『お互いの第一印象はなんですか？』

なるほどなのだ。

うーん……宇宙とはリアルで会って話したのは今日が初めてなのだ。でも、事務所の中で何回か見かけたことはあった。

「怖《こわ》そうなお姉さん」

「ぐはっ……！　ええ、まあ表情は動きませんし身長も高いですからね。そう思うのも仕方ないでしょう……」

・めたくそ落ち込《こ》んでて草

・クールキャラどこいったん？ｗ

・ド直球行ったァ！

・もう少し手心加えてもろてｗ

パッと思《おも》い浮《う》かんだ言葉を口にすると、目に見えて宇宙が落ち込み始めたのだ……み、ミスったのだ。

慌《あわ》てて我は言葉を付け加える。

「で、でも今はとっても優《やさ》しくて綺麗《きれい》で素敵《すてき》なお姉さんだと思ってるのだ!!」

「プロミネンスさん……本当に思ってますか？」

「え、本当なのだ」

念を押してきたのだ⁉　別に嘘《うそ》なんてついてないし本当なのだ……。
・念押すなｗ
・疑《うたぐ》り深《ぶか》いなおい
・プロミネンスのフォロー、雑に見えるけどアレで結構本気で言ってんだよなｗ
・草
「ちなみにワタシから見たプロミネンスさんの第一印象は、ちんまくて可愛い、です」

「ぐぬぬ、別にちっちゃくないのだ！」

身長は……低いほうかもしれないけど、そこまで極端《きょくたん》に低いわけじゃない……と願いたいのだ……。

「ええ、そうですね」
・後方保護者面するな宇宙
・お前は誰目線なんだよｗ
・明らかにちんまいのに反抗《はんこう》するの可愛い
実は少しだけ身長が低いのを気にして、Ｖ姿のほうがリアルより身長高いのはナイショなのだ。

折角《せっかく》もう一人の自分を手にするなら、少しでも理想に近づけたいと思うのは普通のことだと思うのだ。花依も似たようなこと言ってたし。

「い、良いから次の質問に行くのだー！」

「そうですね。では、こちらを」


『二期生との仲は？』


花依、ツナマヨ、クラシーのことなのだ。

みんな我に優しくてとっても可愛いのだ。

「これはかなり多かった質問ですね。ワタシは不本意なことに妖怪《ようかい》とは少し関わりがありますが、他二人とは挨拶《あいさつ》程度ですかね」
・当たり前のような妖怪扱いに草しか生えん
・花依……手が早いな
・宇宙に何したんだよw
・花依の通り名に妖怪が追加された瞬間《しゅんかん》であった……

「我は全員と仲良いのだ！　みんな我に優しくしてくれるのだ」

「今サラッとワタシが二期生と不仲みたいな位置付けしましたか？」

「言ってないのだ」
・これは意外
・プロミネンスって意外と交友関係広かったんだな
・あの三人は面倒見良《めんどうみ》さげだもんなぁ
・おいこら宇宙
・そうは言ってへんやろｗ
我が二期生と仲良いのは本当だからちょっとした自慢《じまん》なのだ。えっへん。

宇宙も花依のことを色々言ってるけれど、実は二期生の話をする時にちょっとだけ嬉しそうなのは何でなのだ？

「二期生もまたクセが強くて面白《おもしろ》いですが、ワタシは個人的に漆黒剣士《しっこくけんし》ツナマヨさんに注目していますね。ビビリでオドオドしているだけだと思っていましたが、アレはアレで己《おのれ》の信念を持っている。時に発揮する異常な行動力を配信活動に活《い》かせると尚《なお》の事《こと》良いでしょう」
・【朗報】ツナマヨ、かなりの好評価

・本人が聞いたら卒倒《そっとう》しそうだなw
・異常な行動力は草
・人はそれを暴走と呼ぶ
・二期生は花依の存在感があまりにも強いけど、個々人にもファンは多いし面白い
ツナマヨが褒められていて我も嬉しいのだ。

ちょっと変なところはあるけど、我に一生懸命《いっしょうけんめい》勉強を教えてくれたし、細かいところまで気を遣《つか》える。

「ツナマヨは我も大好きなのだ！　優しいし、なんか話しやすいのだ」

何でなんだろう？　と首を傾げている我に、宇宙はなんの気なしに言った。

「アナタとツナマヨは同じアホ同士、シナジーが合うのでしょう。類は友を呼ぶと言いますし」

——その瞬間、まるで心臓が凍《こお》りつくような感覚に陥《おちい》ったのだ。

ずっとリスナーに隠してたこと。

アホだ、ってことがバラされてしまった。……で、でも今訂正《ていせい》すれば間に合うかもしれ

ないのだ……！

「そ、そんなこと――」

訂正しようとして――我は肩《かた》にポンッと置かれた温かい手に意識を奪《うば》われた。

手の持ち主――宇宙は、我を優しい笑みで包み込みながら、パソコンに映っているコメント欄《らん》を指差したのだ。

・それなw
・系統違うけどアホ仲間やな
・二人とも割とポンコツだしな
・愛すべきアホコンビ……ってコト!?
・さらっと罵倒《ばとう》してて草
・プロミネンスがアホなのは周知の事実だけどなw
・ツナマヨに懐《なつ》くのは解釈一致《かいしゃくいっち》
・というかコレ花依、ＮＴＲされたのでは？？w

「え――」

――し、知られてたのだ～⁉

な、なんで皆《みな》知ってるみたいな雰囲気になってるのだ⁉　だって、普段の配信だったら『天才！』とか『物知りだぁー』とか『よっ、さすがプロミネンス！』とか言ってたのに！　あれ全部嘘だったのだ⁉　ひどいのだ！　ショック！

「でも……」

なんでアホだ、って知ってるのにこんなにも我のことを応援《おうえん》してくれるんだろう。小学校の時みたいに何で離れていかないんだろう。

『うん。……たとえ、さ。リスナーにプロちゃんが抜《ぬ》けたところがあってアホだって知らなくて、何かが切っ掛《か》けでバレても……もし、実は知っていても、プロちゃんがリスナーのことが大好きなように、リスナーもプロちゃんのことが変わらず大好きなんだよ』

――花依の言葉を思い出した。

花依の言った通り、本当はリスナーにアホだってことはもうとっくに知られていて、それなのに我のことを応援してくれてるのは――リスナーが我のアホさも含《ふく》めて好きだ、って受け入れてくれているから。

……まさか長年の悩《なや》みがずっと前から解決されてたなんて思うはずがないのだっ！

我は思わず笑いが込み上げてきて、誤魔化《ごまか》すように大きな声で言った。

「――あははっ！　ツナマヨより我はアホじゃないのだ！」

「ふふ、言いますねぇ。あ、でもそれは無いと思います」

「なんでなのだ⁉」
・草
・それは無いな、うん
・ポンコツ度はツナマヨに軍配が上がるけどｗ
・冷静なツッコミわろた

11. 波乱の学力王決定戦 #アホ面するなプロミネンス

TS tensei shita watashi ga shozoku suru VTuber jimusho no liver wo zenin otoshiniku hanashi

「ぐぬぬぬ……宇宙《そら》さんめ……祝福とともに怨嗟《えんさ》に満ちる……」

無事にプロちゃんは宇宙さんに寝取《ねと》られた。

すごい言い方に語弊《ごへい》があるのはさておき、まあ一期生コラボは大成功の中幕を閉じた。

これには私も思わず大歓喜涙腺崩壊《るいせんほうかい》。

徹夜《てつや》明けのテンションもあってか、私はマネージャーさんがドン引きするほどに号泣《ごうきゅう》した。……いや、あれを泣かないで済ませる肥溜《こえだ》めファンはいないね、間違《まちが》いなく。

どれだけ切望したか。

どれだけプロミネンスというＶＴｕｂｅｒがコラボを望まれてきたか。

そんな感情を本人にぶつけるのは間違いだと思うけれど、とにかく私は純粋《じゅんすい》にファンとして嬉《うれ》しさを堪えることができなかったのだ。

……仲睦《むつ》まじい様子とかツナちゃんに懐いているアピールの時はぐぬぬって思ったケド。

「でも幸せならオッケーです。私が絡《から》まない百合《ゆり》もてぇてぇことには変わりないし」

悔《くや》しいのは七割冗談。

ツナちゃんとクラちゃんが百合っぽい絡みをしているとニヤニヤする私にかかれば、この悔しさを奥《おく》に封《ふう》じて祝福することも可能だ。

ま、宇宙さんもプロちゃんも堕《お》とすけどね。絶対に。

「うん、ネットの反応も上々。これなら心配無さそうだね」

コラボの結果、宇宙さんもプロちゃんも双方《そうほう》チャンネル登録者数が爆伸《ばくの》びしたし、なぜか相乗効果でツナちゃんの登録者数まで伸《の》びる謎《なぞ》の現象が起きた。

ちなみに、コラボの時に隣で寝てたツナちゃんに「宇宙さんに目つけられてるよ」って起きた瞬間言ったらまた気絶してた。相変わらずのよわよわツナちゃんで私は嬉しいよ(暗黒微笑《びしょう》)。


——さて、プロちゃんはどうやら自身の勘違《かんちが》いを理解したみたいだね。

アホだなんてとっくの昔にバレている上に、それが受け入れられてて——自分がどれだけリスナーに愛されているのかを。

周りから見たら、何を今更《いまさら》と彼女《かのじょ》に問うことだろう。

けれど、抱《かか》える問題の重さは人それぞれだ。

自分にとって軽い出来事だと思えるようなことも、見方を変えれば重大な出来事かもしれない。

もしかしたら、その出来事がトラウマとなってずっと心の澱《おり》になってしまうかもしれない。

「だからこそ……プロちゃんがそれを乗り越《こ》えられて本当に良かった」

一期生はもう大丈夫。そう思えるほどにプロちゃんと宇宙さんの絆《きずな》は深まった。

これで心置きなく『学力王決定戦』に臨《のぞ》めるだろう。


――今日のね！


……いやぁ、色々後始末とか二人のコラボのアーカイブを22回くらい見返してたらあっという間に『学力王決定戦』の当日になっちゃった。

その間に打ち合わせとか挨拶回りとか、他の細かな調整は終わってるから問題ないんだケド。

「花依《はなより》さーん、こちらのチェックお願いしますー」

「はーい、今行きまーす」

そんなわけで今は本番に向けての準備中。

司会の私は事前チェックとかその他諸々《もろもろ》で誰《だれ》よりも早く現場入りを果たしていた。なんか業界人っぽくてちょっと興奮している私がいたりいなかったりする。

「スタッフさん、最初の段取りの部分で――」

「あー、そこはですね。こういった形で――」

「なるほど。分かりました。ありがとうございます！」

確認《かくにん》はできる時にすべし、と前世の上司に教わったことがある。

自分で考えて行動することも大事だけど、分からないことを予測で動くと却《かえ》って手間になることの方が多い。

そのため、確認ができる状況《じょうきょう》であればガンガン確認すべきだ……という教えは案外ＶＴｕｂｅｒの業界でもあっているらしい。

「ふぅ……」

そんなこんなで粗方《あらかた》準備を終えた頃《ころ》、収録スタジオにプロちゃんが入ってきた。

おや、まだ時間には早いはずだけど……と首を傾げていると、プロちゃんが背伸《せの》びしてキョロキョロと誰かを探すようにスタジオを見渡す。

低身長かつ童顔な彼女には、その仕草が堂に入っていて、何だかホッコリする可愛さがそこにはあった。うん、可愛い。

「あっ！　花依～！」

どうやら探し人は私だったようで、私の姿を捉《とら》えるとパァッと表情に光が灯《とも》り、トコトコと駆《か》け足でやってきた。

うん、全ての仕草が可愛すぎるんじゃ。最早《もはや》食べたい。

「プロちゃん、どうしたの？」

「花依に言いたいことがあって、マネージャーに聞いたらスタジオにいるって言われたから来たのだ！」

「ふむふむ。私に言いたいことって？」

ニパッとした笑《え》みを浮かべていたプロちゃんは、突如《とつじょ》として毅然《きぜん》とした表情に移り変わった。

私に言いたいことか……何となく予測はできるけど、今は一旦《いったん》プロちゃんの言葉に耳を傾《かたむ》けよう。

「――ずっと勇気が持てなかったのだ。……コラボをする決意じゃなくて、すること全てに不安とか怖さとかが常にあって」

「うん」

「これでいいの、って花依が言った言葉、実は我の母親にも一回言われたことがあったのだ。……その時はこれでいい、って思い込んでたのだ」

プロちゃんは少しの間俯《うつむ》くと、パッと強い意志の灯った表情で顔を上げた。

「でも、花依からもう一回その言葉を言われた時に、我はこれでいいなんてちっとも思えなかった。その勇気をくれたのは花依の言葉なのだ……！　――花依のお陰で、リスナーと本当の意味で仲良くなれた気がするのだ！　だから――」

プロちゃんの瞳には、ほんの少しだけ光るものがあった。

言葉の途中《とちゅう》で、その決意の残滓《ざんし》を私は指先で取り払《はら》う。

くすぐったそうにしながらも、プロちゃんは不思議そうな表情で私を見上げた。


――ふふ、みんな同じことばっか言うんだから。

もうこの訂正は何度目だろうなんて思いながら、私はいたずらな笑みを浮かべてプロちゃんの唇《くちびる》を人差し指で押《お》さえた。

「私がお節介を働いた人間はね、みんな花依のお陰だー、なんて言うんだ。でも違う、違うんだよ。今回のことだって、プロちゃんがこれまで培《つちか》ってきたリスナーとの絆や信頼《しんらい》に向き合ったから、本当の意味で絆を育むことができた」

私が何もしてないということもない。

プロミネンスというVTuberの1ページに名を刻めることはできたんじゃないかな？　とも思う。

けれども、これまで何十ページ、何百ページと物語を歩んできたのはプロちゃん本人の力によるものだ。

私はただのお節介焼きの美少女くらいで良い。それだけでもうね、めっちゃ満足だから。

「本当の姿を見せるのって怖いよね。勇気がいるよね。嫌《きら》われたらどうしようって思っちゃうよね。……たとえ私の一言で勇気を持てたからって、その勇気を行動に移すことはとっても難しいことだよ！」

私は指先をプロちゃんの唇から離して、今度はワシャっと彼女の頭を乱雑に撫《な》でる。

「――それをプロちゃんは乗り越えたんだからさ。自信持って。あなたはすごいよ」

「――っ」

真正面からプロちゃんの瞳を見つめる。

見つめる……と徐々《じょじょ》に頬《ほお》が赤くなっていき……？　あれ？

「あ、ありがとうなのだ。……な、なんだか花依の言う堕とすって意味がちょっと分かった気がするのだ……照れる……」

「え……う、うん」

プロちゃんがポリポリと顔を背《そむ》けながら頬を掻《か》く仕草を見せる。

あ、あれぇ……？　別に全然堕とそうとかそういう気持ちで言ったわけじゃないんだけどなぁ……。どっちかというと励《はげ》ましとか自信持って欲《ほ》しい的な意味合いなんだケド。

ま、まあ、結果オーライってことにしておこ！

☆☆☆

——本番十分前。

今はメンバー全員でリハーサルを終え、少しの待機時間中だ。

スタジオはまるでクイズ番組のような内装で、まずは司会席が左側にあり、右側は前列二つに後列二つの椅子《いす》と机が並んでいて、前列は一期生が。後列は二期生が座《すわ》ることになっている。

「みんな〜、折角だし気合い入れるために円陣《えんじん》でもしない？」

折角集まっていることだし、と私がそんな提案をすると、皆からの注目が集まる。

「円陣ですか？　体育祭でもあるまいし……」

「円陣!?　したいのだー!!」

「ではやりましょうか」

「宇宙さんさァ……」

「とんでもない手のひら返しね……」

「わ、私じゃなきゃ見逃《みのが》しちゃうくらい恐《おそ》ろしく速い手のひら大回転ですぅ……！」

やれやれと呆《あき》れた目線を私に向ける宇宙さんは、プロちゃんの言葉に呆気《あっけ》なく手のひらを返した。

そんな宇宙さんに呆れた視線を向ける二期生組。完全に立場が入れ替《か》わっている件について。

まあ、一々ツッコんでも仕方ないから、私はほれほれと皆を急《せ》かして円陣を作る。

時計回りに私、クラちゃん、ツナちゃん、プロちゃん、宇宙さんの順番だ。

私はガッツリと肩を組む一方、ツナちゃんは恐る恐るといった様子のさり気ない接触《せっしょく》、対するプロちゃんは気にせずに抱《だ》きつくように肩を組んだりと組み方に性格が出ていて面白い。

プロちゃんは身長の関係でちょっと大変そうだケド。宇宙さんとツナちゃんの身長高いしね……。

「よーし、みんな組んだね。じゃ、一人ずつ目標言っていこうか！　——私は視聴者《しちょうしゃ》に最高のエンターテイメントを見せるために！」

言い出しっぺの私から目標を言って、次にクラちゃんに視線を向けると、存外真面目な語り口で言う。

「……あたしはコラボを通して成長するために」

その視線はツナちゃんと宇宙さんに向いているような気がした。

私の知らないところできっと色々と考えていることがあるのだろう。うんうん、良いこと良いこと。

さて、次はツナちゃんだ。

「わ、私は……め、目立ちますっ……！」

目標というか宣言だった。

お目々がグルグルしてるけど大丈夫《だいじょうぶ》かな？　まあ、ツナちゃんだし大丈夫でしょ。

「——我は勉強の成果を発揮できるように頑張《がんば》るのだ〜〜!!」

うん、頑張ってたもんね。努力はきっと報《むく》われるよ。

温かい目でプロちゃんを見ながら、次の宇宙さんに視線を移すと、彼女はふぅと小さく息を吐《は》いてから言った。

「ワタシは……そうですね、先輩《せんぱい》として後輩《こうはい》に負けないように、でしょうか」

きゅぴーん、と視線がツナちゃんに向かうと、彼女はビクッ！　と身体を震《ふる》わせて白目を剥《む》いた。

どうやら本当にツナちゃんは宇宙さんに目をつけられているようだ。何でか知らないけど頑張れ！

「よし！　じゃあ学力王決定戦、頑張るぞー！　――えいえい……？」

「おー！　なのだ！」

「お、おー……」

「ハァ……おー」

「……」

「いや、バラバラかッ!!」

宇宙さんとか何も言ってなかったよね？？

ツーンとそっぽを向く宇宙さんに、これは前途多難《ぜんとたなん》だなぁ……なんて思いつつも、私は心の中で喜びを隠《かく》しきれなかった。

――ずっと見たかった景色がここにはある。

だからこそ私は、この景色を守るために頑張るのだ。

☆☆☆

「学力王……決定戦ぇぇん!!」
・はじまた!!
・うおおお!!!
・待ってました!!
・初《しょ》っ端《ぱな》から同接10万はエグいｗｗｗ
私のタイトルコールに、スタッフ含む出演者の拍手《はくしゅ》が鳴り響《ひび》く。多分音響《おんきょう》さんとかの力によって、実際の配信画面には効果音とか付けられてるんだと思う。

今回は収録ではなく配信だ。

つまり一度きりでまったは利かない。その代わりに臨場感やライブ感があったりとメリットも大きい。

失敗できない環境下《かんきょうか》に、私は思わず笑みがこぼれる。

「はい、というわけで始まりました、『学力王決定戦』！　今回はね、肥溜めで誰が一番賢《かしこ》いかを決める大会ですが——まあ、普通にやったら当然私が勝つので司会に回されました。左遷《させん》です！」

・草
・左遷はワロタ
・そういう経緯《けいい》での司会かよw
・いや絶対嘘だろw
・ぶっちゃけ花依のハイスペックさを考えると嘘とも言い切れんわw

「一割冗談の言葉は置いておいて、今回の『学力王決定戦』に参加する方々をご紹介《しょうかい》します！　それでは皆さん、自己紹介《しょうかい》の方をよろしくお願いします～！」

掴みはバッチリ……だと思う入りからスタートし、私はつとめて明るく振《ふ》る舞《ま》う。

緊張《きんちょう》二割、期待が八割。私のコンディションは絶好調である。

「一期生の宇宙です。この度は舐《な》めている後輩をしばき倒《たお》すために来ました」

カメラが宇宙さんに焦点《しょうてん》を当てると、彼女は二期生を敵に回すような発言をかました。

おうおう、随分《ずいぶん》と挑発《ちょうはつ》するねぇ……。

宇宙さんなりの発破というか……プロレスで気合いをいれるみたいなもんだけど、うちの二期生たちはそれをしっかり真に受けるからね……。

「同じく一期生のプロミネンスなのだー!!　我が学力の王？　的なやつになるのだー！」

元気よくニコニコと自己紹介を済ませるプロちゃんはいつものプロちゃんである。学力の王ってなんぞや……。
・しばき倒すは草
・一期生、対照的《たいしょうてき》すぎるだろw
・学力の王とは（）
・なんかここにこの二人がいるだけで泣きそうやわ
コメント欄が盛り上がる中、続いて我らが二期生がクローズアップされた。

まずはクラちゃんからのようだ。

「二期生のクラシーよ。何やらほざいている先輩がいるようだけれど、学力王になるのはこのクラシーだということを覚えておきなさい」

演技がかった仕草と声音《こわね》でクラちゃんは大きく宣言した。

一期生と二期生の対立。これはリスナーもワクワクする展開だろう。

台本はある程度あるものの、基本は自主性というか本人に発言は委ねられているため、宇宙さんのしばき倒す宣言も、クラちゃんの自分が勝つという宣言も全てアドリブだ。

クラちゃんがこの企画《きかく》に強い想《おも》いを持っていることはあの燃えるような赤い瞳《ひとみ》を見れば分かるけど、わざとらしい仕草と声音は番組を強く意識している証拠《しょうこ》だ。

その方が司会の私もやりやすくてありがたい。さすがクラちゃんである。

「に、二期生の漆黒剣士《しっこくけんし》ツナマヨです……！　きょ、今日はいつもの私と違《ちが》うってとこを見せつける……!!　……かもしれないですぅ……が、頑張りましゅ……っ」

おっと、いつものツナちゃんである。

ただし珍《めずら》しく瞳には闘志《とうし》が宿っていて、その声音には強い意志が感じられる。

ま、かもしれないですぅ、はいつものツナちゃんすぎるけどね。そこは断言しよっか。
・凄《すさ》まじいやる気を感じる……あれ？　これ学力王決める大会だよな？　リアルファイトしない？　大丈夫？
・学力王とかいう称号《しょうごう》に対する気合いの入り方じゃないだろｗ
・ツナマヨはいつも通りで安心や
・プロミネンスがツナマヨとシナジー合うのが分かるわな
「はい。やる気、元気、決意、そして情けない悲鳴をいただきました。一体誰が学力王になるのか！　実に楽しみですね～」

「わ、私だけなんかおかしくないですかぁ……!?」

・草
・ツナ虐たすかる
・いつも通りやろｗ
・見慣れた光景
サラッとツナちゃんをイジりつつ司会を進める私である。

こういう感じでボケ担当がいると、ツッコミが捗《はかど》って場のテンポ感が良くなるから司会的にありがたかったりする。

勿論《もちろん》ツナちゃんは素でそれをやってるから味が出るんだけどね。うまみうまみ。

「コメントにあるようになぜかリアルファイトに発展しそうな雰囲気《ふんいき》ですが、とても盛り上がっていて素晴《すば》らしいと思います！　……はい、というわけで最低限の司会の役割を果たしたので、これから普通《ふつう》にやってくよ!!　盛り上がってるかー！　挑戦者《ちょうせんしゃ》どもーー！」

「おーーー！　なのだ!!」

他三人は沈黙《ちんもく》である。おい、台本に書いてたやろがい。
・陽キャが多いＶＴｕｂｅｒ界隈《かいわい》において真の孤独《こどく》を経験してきた者たちだ……面構《つらがま》えが違う
・全然盛り上がってなくて草

・司会が一番元気あるの稀《まれ》だと思うんよな
・というか花依やっぱ進行うますぎだろｗ
私的には完全に進行に徹《てっ》するよりも、一緒《いっしょ》に盛り上がりながら進めたほうが場に華《はな》があるよね、って感じでやってるけど、どうやらリスナーからも好評なようだ。

というか私が盛り上げないと著しく盛り下がる可能性があるからやってるまでだけど！

「えー、この箱、どうやら協調性に欠けているようです。はい、じゃあ時間も押してるからちゃちゃっと第一問目に行くよー！」
・ワロタ
・協調性に欠けてるから箱イベが実現しなかったんだよなぁ……ｗ
・お前がまとめるんだよ!!
・雑で草
私がまとめてんだよ!!（語気強め）
とりあえずさっさと先に進めないとツッコミでこのイベントが終わっちゃうからね。企画の趣旨《しゅし》変わる危機だよコレ。
雑という自覚ありきの無理やり進行だけど、今度は「わー」というこれまた雑な歓声《かんせい》で乗ってくれる一期生&二期生。

「…………」

その間にチラリとスタッフさんのカンペと動きをチェック。

問題を配信画面に映す準備がすでにできているようだ。

「はい、それでは第一問目です。ちゃーらん。『48×72』は！　まあ、簡単な計算問題だね。お手元の端末《たんまつ》にお書きください！　――これくらいはぁ……解けるよねぇ？」

挑発するような声にボイスチェンジ（セルフ）。

あ、ちなみに答えは３４５６です。これくらいは暗算で普通に解けたりする。

「ふふん、よゆーなのだ」

「まあ、間違えようがありませんね」

と、余裕《よゆう》の表情を見せる一期生組。

計算問題はめっちゃ練習してたもんね、プロちゃん。あの感覚を忘れてなければ普通に正解できるとは思う。たぶん。

「ば、バカにしてもらっちゃ困りますよぉ……！」

「簡単ね」

・さすがの余裕な表情

・ＶＴｕｂｅｒ的には敢《あ》えて間違えるのが撮《と》れ高あるけど、ここの面子的にそれするやついねぇんだよな……
・大丈夫だ。モノホンのバカが混じってるから何とかなる
うん、まあ敢えて間違えるとかで面白さを演出する方法があるのは事実だし、あらかじめ台本でそうなってるのも珍しくはない。
その方がリスナーにとって面白いのは確かだし、別になんの問題もないんだけど、肥溜めのメンツに至ってはそんな器用なことできる人がいないというね。
……どうせ誰かが素で間違えるしね！
「おおっと、バリバリ書いていくー！　……はい、答えが出揃《でそろ》ったようなので、早速《さっそく》表示していきます！」
バンッ、と画面が切り替わり、解答が表示される。
プロミネンス『120』
宇宙　　　『3456』
ツナマヨ　『3456』
クラシー　『3456』
「……宇宙さん！　ツナちゃん、クラちゃんの三人正解っ!!　なぜか足し算してるプロちゃん！　不正解!!」

「ぷ、プロミネンスさぁん……⁉」

「……はえ？」
・お前ならやってくれると信じてたぞｗ
・草
・明らかに桁《けた》が違いますねぇｗ
・#アホ面《づら》するなプロミネンス
・こ、こいつ……しかも足し算を筆算してやがる……！
・ワイも二桁の足し算は筆算するぞ
・ちゃんと足し算できてて偉《えら》い
・うん、すごい
・おい擁護《ようご》してんのプロミネンスリスナーだろｗ
計算練習に付き合っていたツナちゃんは、堪《たま》らず絶叫《ぜっきょう》しながらプロちゃんの方を見るが、当の本人は宇宙猫《うちゅうねこ》でアホ面してた。その顔マジで似合うなぁ……。

「プロちゃん？　どゆこと？」

「……あ、これ掛け算《ざん》だったのだ⁉」

「悲報、プロミネンス氏。肝心《かんじん》の数字ではなく記号を間違える……まあミスが可愛《かわい》いから許そう。うん、可愛いし」

「司会のアナタ、私情で判断するのは良くないと思いますが?」

「でもさ、可愛くない?」

「可愛いです」

「ヨシ!」
・宇宙のツボをしっかり分かってんな花依w
・コイツらプロミネンスが幾《いく》ら間違えても可愛いで済ませる気だぞw
・ヨシ、じゃねぇんだよw
可愛いは正義って言葉を多用していくスタイルなのだよ。何も問題ないね。

「正解したあたしたちには何かないのかしら?」

「掛け算できてえらい!!」

「ふふ、でしょう」

「そ、それで満足しちゃうんですかぁ……?」
・あれ、これツナマヨが常識枠《わく》なのか?w
・肥溜めに常識人はいません
・むしろこれが肥溜めの常識まである

・カオスすぎだろｗ

肥溜めへの風評被害《ひがい》が高まってる気がするけど、何も間違ったことは言ってないので問題ない。

常識を捨てた未来《さき》にエンタメはあるんだよ。

「それでは続いての問題は……こちら！　ちゃーらん！　『(-6)+5』は！　はい、こちらも数学分野ですね。解けるかな～？」

・マイナス入ってきたらもうプロミネンスは解けんぜ

・あとは誰が間違うかだな

・意外と数学に強い人多いんかな？

・言うて中一くらいの範囲《はんい》やけどなｗ

コメント欄にはプロちゃんが間違えることを前提にしたものが散見された。

無理もない。掛け算を足し算だと思って間違えた人がマイナス含む計算式に答えられないと普通は思うよね。普通は。

「フッフッフ……我の時代が来たのだ」

「巷《ちまた》ではソレ、フラグって言うらしいですね」

「……か、勝ちましたね」

「あたしは最初から疑っちゃないわよ」
・フラグ建築士がいっぱいおるな
・何で二期生まで乗るんだよｗ
勉強会をした二期生組は、揃《そろ》ってプロちゃんを擁護したような発言をするのは信頼の証だ。一心に机に向かって努力したプロちゃんの――いやでもさっき四則演算ミスってるんだよねこの人。
まあ、これはこれ、それはそれ、と。
「……さあ、では解答を確認していきましょう！　こちらです！」
プロミネンス『-1』
宇宙『-1』
ツナマヨ『-1』
クラシー『-1』
「なんと!!　全員正解です!!」
「やったのだーー！！！」
・ファ!?
・マ!?

・嘘《うそ》やんけぇ!?
・あのプロミネンスが正解……だと……
・バカな！　これは何かの間違いだぁ！
・くっそドヤ顔してんな！ｗ
・明日槍《やり》でも振ってくんのか？ｗ
全員正解かつドヤ顔するプロちゃんに、一気にコメント欄が加速し盛り上がる。

正解でも不正解でも盛り上がるの（企画的に）助かるな……。

「おめでとう、プロちゃん」

「素晴らしいです」

「や、やりましたね……!!」

「だから言ったでしょう。最初から疑ってないって」

「えへへ……みんなありがとうなのだ」

全員からの褒《ほ》め言葉《ことば》と……スタジオに響くスタッフたちの拍手に、頬を染めながら照れるプロちゃんは最高に可愛くて……まさしく努力が報われた瞬間《しゅんかん》でもあった。
・競《きそ》い合ってるとは思えない和《なご》やかさで草
・一人だけ待遇《たいぐう》が明らかに違うぞｗｗｗ

・気持ちはわかるｗ
・なんだこの手のかかった子どもが独り立ちしたかのような感情は……これが心か
・もう優勝したみたいな雰囲気出すなｗ
・とりあえずてぇてぇ
背景を知っている私たちからしたら感動以外の何物でもないんだけど、当然それを知らないリスナーからは困惑《こんわく》でしかない。

まあ、アホキャラのプロちゃんが問題に正解しただけでリスナーにとっては一大事だからね。

というわけでここらで少しネタバラシをしていこうか。

「実はプロちゃんは、今日という日のために勉強してきたんだよね。勿論、問題を知ってる私は関与《かんよ》せずにツナちゃんとかに頼《たよ》ってさ。だから、ここで勉強の成果が出たってわけ」

「ちょ、花依、それ恥《は》ずかしいのだ！」

「わ、私はもう感動ですよぉ……‼」
・あー、だから二期生と関わりがあったのね
・企画にガチ勉してくるやついんのか……ファンになるわ
・そら感動するわなｗ

・照れプロミネンス可愛いな

言ってもいいけど恥ずかしいから言わないで欲しいのだ、と聞いてたけど、努力の成果ってのは知られて報われたほうが良い。

よくよく陰《かげ》で行われた努力は他人に見せつけるためのものではない……とか言われてるから、そのスタンスで動くのも勿論結構。

けれど、知られなきゃ分からないこともある。特にイメージ商売のＶＴｕｂｅｒにおいては、こういったことは発信するべきだと私は思う。

「はい、てぇてぇてぇてぇ。これ以上は私の涙腺《るいせん》が保たないので次に行っちゃいます。第三問目！『早急。重複。雰囲気。それぞれの漢字の読みを答えよ』……ということで、国語の問題だね。普段《ふだん》コメント読んだりしてる私たちならいけるかな？」

実際問題、コメント読みは割と漢字を読む能力がつくと思う。

勉強して覚えたことよりも、意外と日常に即《そく》した事柄《ことがら》の方が記憶《きおく》が定着しやすいように、ＶＴｕｂｅｒにとってコメントは日常そのものだ。

……まあ、今回の問題は難読漢字ってより読み間違《まちが》えの多い漢字っていう罠《わな》だケド。

「むむむ……」

「……」

・漢字の読みか
・読み間違えシリーズな。一つも分かんねぇや
・草
唸《うな》るプロちゃん。若干《じゃっかん》冷や汗《あせ》をかくクラちゃん。

余裕そうな表情を見せるのは宇宙さんとツナちゃんかな？　まあ、あの二人なら一般《いっぱん》常識程度の問題には軽々と答えそうだ。

つまりはイコール大きな見せ場や撮れ高が無い……ということになるけれど、問題はまだまだある。

ツナちゃんはここで何事もなく終わるような人間じゃない。

「……解答が出揃いました！　こちらです！」

プロミネンス『はやく。ふくじゅう。ふいんき！』

宇宙　『さっきゅう。ちょうふく。ふんいき』

ツナマヨ　『さっきゅう。ちょうふく。ふんいき』

クラシー　『そうきゅう。じゅうふく。ふいんき』
・アッ
・なんか綺麗《きれい》に引っ掛《か》かってるヤツと解答が怖《こわ》いヤツがいるなw

・やりがちなミスを実践《じっせん》してくれてて草
・ふくじゅうってなんやねんw
・じゅうふくって読みたくなる気持ちはちょっと分かるぞw
「宇宙さん、ツナちゃん正解！　あとは不正解!!　プロちゃん！　解答がちょっと怖いよ！」

「我、またなんかやっちゃったのだ？」

「クラちゃん。……アホだね!!」

「ち、違うのよ……ちょっとミスっただけで……」

ここまで綺麗に罠に引っ掛かる人もあまりいないけど……君ならやってくれると信じてたよ。

結構素でミスったと思うけどね。
・またなんかやっちゃってるねぇ。いいぞもっとやれ
・ちょっと？
・アホだね！　はド直球で草

☆☆☆

基本的な教養問題をその後複数出題しつつ、盛り上がりもピークを迎《むか》えようとしていた。

プロちゃんはたまーに正解したりして場を沸《わ》かせ、宇宙さんは全問正解を果たしつつ鋭《するど》いツッコミで存在感を表した。

二期生組は、真面目教養キャラだと思われていたクラちゃんがポンコツぶりを発揮して視聴者を驚《おどろ》かせていた。

ツナちゃんは他と比べると存在感はまだ薄《うす》いものの、リアクション芸（※彼女《かのじょ》の素です）で場を盛り上げることを忘れなかった。

「続いての問題は超《ちょう》高難易度問題です！　もし分かったら手を挙げてすぐ解答していいよ！」

「ほう、腕《うで》が鳴りますね」

「我にかかればちょちょいのちょいなのだ」

「ごくり……っ」

「楽勝ね」

・楽勝ね（震え）

・めちゃくちゃ声震えてて草

・高難易度がどれくらいのもんかによるな
ところがどっこい、これ何で用意したの？　ってくらい超絶《ちょうぜつ》難易度高いんだよね、この問題。

ぶっちゃけ私も知らなかったし、誰《だれ》も解けないんじゃないかな……？

誰も解けない問題は出題しないのがエンタメクイズ番組の鉄の掟《おきて》だというのに（今作った）。

まあ、これはサラッと流す感じで良いかな。


――私はそう舐めてかかった。

「問題です！　ちゃーらん！　『ある時点において作用している全ての力学的・物理的な状態を完全に把握《はあく》・解析《かいせき》する能力を持つがゆえに、未来を含《ふく》む宇宙の全運動までも確定的に知りえる、という超人間的《ちょうにんげんてき》知性のことを何と呼ぶか答えよ』。はい、分かる人いますかー？」
・なんそれｗ
・難易度上がりすぎだろｗ

・分かるかボケ！
・これには宇宙も沈黙
当然分かる人いないよね、と私は四人をチラリと見ると――天高くそびえ立つ一人の腕が見えた。

その名はツナマヨ。アホである。

彼女の普段のオドオドした雰囲気は鳴りを潜《ひそ》め、不敵な笑《え》みを浮《う》かべながら挙手をしていた。

その様子に、私は思わず気圧《けお》されながらツナちゃんを当てた。

「ツナちゃん⁉　ごほん、解答をどうz――」

「ラプラスの悪魔《あくま》」

「え？」

「ラプラスの悪魔」

「せ、正解……」
・ファ⁉
・何で分かるんだよw
・食い気味解答草

・ラプラスの悪魔ってなんぞや
・名前かっけぇけど正解なんかコレw
・はえーよホセ
ツナちゃんの目は非常にキマっていた。

なぜか知らないけど完全にハイになっていた。

「ちなみに何で分かったか聞いても良い？」

「あっ、はい。こ、これは私が中学生の時の話なんですけどぉ……」

「あれこれ長くなりそうな感じ？」

「完全にボッチ極《きわ》めてた時に、ほら、中学生って数学とか物理とか習い始めるじゃないですか。二次関数とかルートとか。勇気出ないけどボッチから脱出《だっしゅつ》したいなって思った時に私はふと考えたんです。なんか皆《みな》が知らなそうな理系分野の言葉を私だけ知ってて、それを授業中に颯爽《さっそう》と答える的な。だから一時期カッコいい理系用語集みたいのを調べて説明まで全部覚えてた時期があったんですよ。でも当たり前のようにラプラスの悪魔なんて中学でも高校でも習うわけがなくて。……このままじゃ一生死蔵かなと思った時に出た問題……!!　答えるしか……！　ないですよね……！！！」
・長い長いw

・中学二年生辺りにやりたくなるやつな
・こいつペラペラと……！
・やってることはちょっと分かるw
・オタクの詠唱《えいしょう》早口で草
・こいつおもろいなw
「出し抜《ぬ》いたぞ！　おら!!」

「大丈夫？　キャラ変わってない？」

　ツナちゃんは正解したことと、長年積もったフラストレーションを解消できた相乗効果によって、テンションが爆上《ばくあ》がり状態だった。こんなツナちゃん見られる時そうそうないんじゃない？

　ぶっちゃけちょっと面白《おもしろ》い。

「覚えた動機はともかくとして、やるじゃありませんか。見直しましたよ、ツナマヨさん」

「アッ……ひっ……何でもないですぅ……」

「戻《もど》るのが早いわね……」

「いつものツナマヨなのだ！」

　宇宙さんに暗黒微笑《びしょう》で褒められて正気に戻るツナちゃん。

どうやらボーナスタイムは終了《しゅうりょう》したようだ。

・草

・いつものクソザコツナマヨで安心したよワイは

・褒められて正気に戻るのツナマヨすぎる

いやぁ、にしてもまさかこの問題を答えられる人がいるとは思わなかったなぁ。

誰も分からず場が白けることだけが懸念《けねん》点だったけど、私はどうやらツナちゃんのことを舐めていたらしい。

まさかこんなとこで根性《こんじょう》を発揮するとはね。

やるじゃん。あとでご褒美《ほうび》に私のＡＳＭＲでも送っておくことにしよう。

「うっ、な、なんか寒気が……もう戻れなくなる悪魔のプレゼントを渡《わた》される予感が……」

「中二病は卒業したほうが良いわよ」

「辛辣《しんらつ》ぅ……！」

なんのことだか私には分からないなぁ。

私は心の中でニヤニヤ笑いながら、司会を進める。

「はい、というわけで次の問題に行こうと思いますが、次からの問題はちょっと特殊《とくしゅ》で……こちらになっております！」

ばばん！　と画面が切り替《か》わると、そこには『肥溜《こえだ》めライバーに関する問題』と書かれていた。

「これから解答者には、肥溜めライバーに関する問題に答えてもらおうかな、と思います！」

「学力王とは……？」

「宇宙さん、良い質問！　今まで皆さんには教養とか一般常識について答えてもらいましたが——我々ＶＴｕｂｅｒにとっての一般常識は……そう！　同期や先輩、そしてこの箱に関することと言えるでしょう！」

「そうなのだ？」

「そ、そう言われれば……？」

「言　え　る　で　し　ょ　う　！」

「押《お》し切ったわね……」

「そこ！　うるさいよ！」

・草

・声量で押し切ったぞあいつｗ

・強引《ごういん》さにかけては右に出るものがいないゾ

・単純な学力勝負もおもろいけど肥溜めだったらこうでなくちゃなw
宇宙さんが疑問符《ぎもんふ》を浮かべたり、クラちゃんが余計なことを言ったりしてたけど、全てを声量と圧で押し切っていく方式を取る。

押しが強ければ大抵《たいてい》のことは何とかなる。勿論、相手に嫌《いや》な思いをさせないのは前提にあるけどね。

「それでは早速問題です！　ちゃーらん。『肥溜めに採用するライバーの基準とは何か』。これは社長のセリフが有名だね」

「採用基準……ってなんなのだ？」

「簡単に言うと、どういう人を採用したいか、ってことだね」

「一応知ってはいるけれど、これにあたしが当てはまっているという事実が耐《た》え難《がた》いわ」

現に採用されたわけだし、それは諦《あきら》めてね！

私は自覚しかないし、肥溜めのメンツを見ても「うん、納得《なっとく》」としか思えないし良いんだけどね。
・あー、アレかw
・懐《なつ》かしいな
・あの基準があるからこそ成り立ってるんよ

・社長の存在感が強いのはV事務所あるあるだけど、その中でも異色すぎるんだよなw
・あの社長もV活動したらおもろそうという
少し悩《なや》みながら答えを書いていく四人組。宇宙さんにとってはボーナス問題かもしれないけど、彼女が社長秘書やってるのは秘密だしね。
「はい、答えが出揃いました。こちらです！」
プロミネンス『やさしいひと』
宇宙　『頭がおかしい人』
ツナマヨ　『私みたいな人』
クラシー　『頭のネジが外れてる人』
……うんうん、なるほど。
「宇宙さん、ツナちゃん、クラちゃん、正解！　プロちゃん！！！　……抱《だ》きしめていい？」
「ちょ、ちょっと待ってください⁉　わ、私ボケ倒《たお》したつもりなんですけどぉ⁉」
「だって合ってるじゃん」
「何も間違えてませんね」
「分が悪いから黙《だま》ったほうが良いわよ」
「ひどい！！！」

・草ァ
・ツナ虐たすかる
・何も間違ってないよなぁ？
・だから採用されたんだろw
・整合性が取れてる言葉をボケとは言わないのだよツナマヨくん
・ボロクソでワロタ
・プロミネンスは優《やさ》しい解答すぎるw
・これはてぇてぇ
ツナちゃんの発言は置いておいて、プロちゃんの解答は非常に私の母性をくすぐるものだった。

何あの優しい答え!!　プロちゃんの見る世界が綺麗すぎて浄化《じょうか》しそうだよ私。

「やっぱりプロちゃん抱きしめて良い？」

「は、恥ずかしいから今はダメなのだ」

「そう言われても、します」

「拒否権《きょひけん》無いのだ⁉」

私はスタスタとプロちゃんの方に歩みを進め、椅子《いす》に座《すわ》っているプロちゃんを優しく抱きしめた。

「ちょ、花依……んぅ」

照れるプロちゃんを十秒くらい抱きしめて、私は無言で司会席に戻って、

「ふぅ」

と息を吐《は》いた。

「何を見せられてるのかしら」

「は、はわわわ……」

「チッ」

「宇宙さん……⁉」

・なんだこのカオス状態ｗ

・そう言われてもしますは草

・てぇてぇやわ

・てぇてぇけどもｗ

・おい誰か舌打ちしたぞｗ

・花依ワールド全開で草

・司会が持ち場を離《はな》れるなｗ

全力で舌打ちをした宇宙さんに、ギョッとした表情でツッコミを入れるツナちゃんは面白かった。

私はされると思ったからね。むしろ狙《ねら》ったまである。

「まあまあ。キュートアグレッション的なヤツだから気にせんといて」

可愛いもの見るとついつい……うーむ、完全に思考が女子的だけど、まあ女子なので特に問題はないね、うん。

・キュートアグレッションとはなんぞや

・可愛いものを虐《いじ》めたくなる的なやつやな

・花依そのものじゃねぇかw

・キュートアグレッション花依（概念《がいねん》）

・草

「じゃあ次の問題にいっくよー！　はい、こちら！『0期生、全智《ぜんち》の総配信時間を答えよ』。ちなみに私は秒で答えられたりします。みんなの配信時間も把握してる私にかかれば余裕の問題ですねぇ～。みんなも余裕だよね？」

「アナタと一緒にしないでください」

「いっぱい配信してるのは知ってるのだ!!」

「に、24時間配信は知ってますけど……うーん」

「いつから24時間配信なのかしら……」

全智さんがライバーになったのは三年と五ヶ月と二十日と四時間前。

彼女は最初から24時間配信を決行していて、それを今の今までずっと続けてきたからこそ、多くのファンがいるのだ。

つまりはこれを知ってさえいれば計算でどうにかなるけれど、流石《さすが》にここまで細かく把握しろというのは無理ゲーなので……、

「はい、四択《よんたく》問題です。流石に私ほど細かく知るのは無理ゲーだからね。今から選択肢《せんたくし》を出すので、番号でお答えください」

そう言うと、みな一様にホッとした表情を浮かべた。

「①は15000時間。②は20000時間。③は25000時間。④は30000時間。この中から選んでね！」

「全部桁が異次元すぎるわね……すごい」

「わ、我には想像がつかない数字なのだ……」

「な、なんで花依さんが得意気なんですかね……？」

そりゃうちの娘《むすめ》が褒められてるからだよ。にしても、配信時間は化け物としか言いよう

がないケド。

　私もちょこちょこソロ配信だったりコラボ配信だったりをしているけれど、学生なのもあって月に30時間が限界。

　高頻度《こうひんど》で配信するクラちゃんだって月に60時間配信できてれば良い方かな？

　そんなペースじゃ30年経《た》っても全智さんには追いつけないし、全智さんはその配信時間をリアルタイムでどんどんと更新《こうしん》していくわけだ。すごすぎる。
・一年で二千時間超《こ》えれば十分すぎる界隈《かいわい》でその何倍も数字叩《たた》き伸《の》ばすの強すぎるｗ
・いつ見ても推《お》しが配信してるって状況《じょうきょう》はファンにとって最高なんよな
・花依が得意気なのはてぇてぇ
　そう。それなんだよね。

　コメントにもある通り、いつ見ても推しが配信してるって状況を作り出せているのは、あまりにも強すぎるコンテンツだと思う。

　全智さんはそれを半分無自覚無意識的にしているけど、成《な》し遂《と》げるには並大抵《なみたいてい》じゃない精神力と努力が必要なはずだ。

　だからね、すごいんだよ（小並感）。

「はい、では解答が出揃いました。こちらです！」

プロミネンス『①』
宇宙　　　　『④』
ツナマヨ　　『②』
クラシー　　『③』

これは面白い結果になった。

「おっと！　全員解答がバラバラ！　正解したのは――宇宙さんです！　すごい！」

答えは④の3000時間だ。まあ、端数《はすう》取ったり正確な数字ではないんだけど、よく宇宙さんは分かったもんだ。

彼女はいつもの澄《す》ました表情でメガネの位置をクイッと直すと、淡々《たんたん》と言った。

「ワタシは彼女の頑張《がんば》りをずっと見てきました。それこそデビューする前より。……24時間配信なんて正気の沙汰《さた》ではありませんし、一ヶ月も続けば良い方でしょうと。――ですが、彼女は今の今までそれをやり遂げてきました。素晴《すば》らしい。初志《しょし》貫徹《かんてつ》とはまさしく彼女のためにある言葉でしょう。そんな尊敬しているセンパイの配信時間など把握してるに決まっています」

……全智さんの頑張りはやっぱり色んな人に伝わってるよ。

感情を見せない表情ではあったけど、宇宙さんの言葉には嘘一つ見えなかった。本当に尊敬してなきゃあんな言葉は出ないしね。

んー……嬉《うれ》しい。私がそう思うのは筋違《すじちが》いだと思うけど、やっぱり人の努力が報《むく》われる瞬間ってのは何度見ても美しいと思う。

「だよね。めっちゃ分かるよ宇宙さん。全智さんは本当にずっと頑張ってきたし、ずっと努力し続けてきたんだ。……というわけでこれから小一時間語るけど良い？」

「ダメですよぉ⁉」

「企画《きかく》の趣旨《しゅし》を思い出しなさい、司会」

「全智がすっごい愛されてるってのは分かったのだ！　じゃあ我も愛す！」
・カオス再臨
・強火オタク《花依》に推しの話はするなとあれほど……
・じゃ　あ　我　も　愛　す
・二期生が入ってから本当に騒《さわ》がしくなったよなw
ぬぅ、ダメか。ネタだけど良いよって言われたら多分本当に話してたと思います、ハイ。

あとでスタッフさんに関係ない話しすぎ、って怒《おこ》られるかな。まあいいや!!　面白くなればそれでよし!!

とはいえ時間が押してるのは事実なので先に進めようと思う。

「そんな冗談《じょうだん》は置いておいて……」

「冗談……？」

ツナちゃんがジト目で見てくるけど、私はさらっと顔を背《そむ》ける。

なんで君は君で私の本音が分かるんだろうか。

「次の問題にいくよー!! はい、こちら！ 『0期生、天使の今年の配信回数は何回か答えよ』。こちらも四択問題になっていまして、①は1回、②は2回、③は3回、④は4回、ですね！ 天使さんは配信をしないことで有名かつ、何者なのかも全く分からないVTuberです」

「そ、それでいいんですか、肥溜め……」

「事務所内でも一回も会ったことないわね」
・#配信しろ天使
・#配信しろ天使
・経験値多そうだよな
・レアなアイテムドロップしそう
天使さんに関しては結局前世でも何も分からないまま卒業していった。

卒業したのも突然《とつぜん》だったし、理由も告げられなかった。

まあ、本業が別にあって忙《いそが》しい人……みたいな感じだとは思うんだけど、あくまで憶測《おくそく》だし何も分からないのが事実。

それがキャラ性だし面白いから良いんだケド。

「えっと、全智がいっぱい配信してて……天使が全然配信してないで……極端《きよくたん》なのだー！」

プロちゃんがわちゃわちゃしている中、宇宙さんだけがなぜか微妙《びみよう》な表情で沈黙《ちんもく》を保っていたけど、その時の私は気にもとめなかった。

「はい、解答が出揃《でそろ》いました！　こちら！」

プロミネンス『③』
宇宙『②』
ツナマヨ『②』
クラシー『④』

ふむふむ……なるほど。

「宇宙さん、ツナちゃん、正解!!　はい、正解は②の2回ってことでね……本当に全然配信してないなあの人……」

「か、勘《かん》でしたが当たりました……」

・2回でも多いという事実

・去年なんか1回だぞ、1回
・一昨年に配信回数増やすとか言いながら見に行ってしまう……くっ、体が勝手に……
・それでもたまにやる配信が面白いから見に行ってしまう……くっ、体が勝手に……
・配信しないことがウリの配信者ってなんやねんw
・配信しない割には登録者多いんだよな……
勿論《もちろん》常に配信してる私たちとか一期生には敵《かな》わないけど、それでも異常なほどに登録者は多い。

レアキャラだからこそ、配信した時は登録者以上に同接が伸びるし、配信が終わった時には登録者が二万くらい増えるのもいつものことだ。別ベクトルでこの人もすごい。

「いつか天使さんともコラボしたいねぇ。連絡《れんらく》手段が無いから今のところは実現不可能だケド」

「天使も堕《お》とすのだ?」

「もっちろん。肥溜めにいるからには等しく私の標的だよ」

「標的て……」

クラちゃんが呆《あき》れたように笑うけど、私の目標も初志貫徹していく所存だよ。
・それでこそ花依やなw

・標的は草
・行動力の化身《けしん》だけど、天使は一体どうするんだろｗ

☆☆☆

「――さあ、それではいよいよ最後の問題です。皆さん、準備はよろしいですかぁ！」

「「おー」」

「少しだけ協調性が生まれたようです。大きな一歩！」
・ヤケクソになってないか？ｗ
・ワロタ
・もうラストか……
・あと百問くらいやってええんやで
長いようで短かった『学力王決定戦』もいよいよ最後の問題だ。……楽しかったなぁ。

ライバーに関する問題も、あのあと色々と起きたりしたし、さぞや切り抜きが捗《はかど》ったことだろう。

同接も15万を超え、多くの反応が寄せられている。大成功といっても過言ではない。

さあ、最後の問題で気持ちよく締《し》めたい……ところなんだけど問題がなぁ!!

これ本当に私のせいじゃなくてね？　この問題考えた運営が悪いということを全力で言い訳したいんだよね。

「最後の問題はこちら！　『花依琥珀《こはく》が一番好きなライバーは誰か』。言っておくけど私が考えたわけじゃないので文句は運営に言ってください、ハイ。だからね、花依さん……ついにやったのか、みたいな目で見てる同期二人はお黙りください」

ちなみに「答えは花依さんが考えてください（笑）」とメールには書いてあった。何が（笑）じゃ。何が。

こういう無茶振《むちゃぶ》りも肥溜めらしいといえばらしいから、私の途轍《とてつ》もなく寛大《かんだい》な心で許しておくことにしよう。

・草
・花依ならやりかねんからなw
・企画を私物化するな花依ィ！
・二期生はよう花依の性格が分かっとるw
・つまりこれ「ねえ、私のこと好き？」って聞いてる……ってコト!?
・いや「私が好きな人誰だと思う？」っていう一歩間違えたら脳破壊《はかい》な質問やぞコレw

・どう答えても遺恨《いこん》が残りそうで草
・無茶振りやなぁｗ
ＮＴＲはＮＯなので私の答えとしては「全員」というお茶を濁《にご》すがこれしかない解答にする予定。まあ、みんなもそれを分かってくれると思うし、わざわざ場を荒《あ》らしたりする解答はしないでしょ。
　こういう無茶振りには結局無難な解答が一番だよ。一歩間違えたら炎上《えんじょう》しちゃうからね！
「はーい、では解答見まーす。ほい」
プロミネンス『我』
宇宙　　　『ワタシ』
ツナマヨ　　『私』
クラシー　　『あたし』
「ちょっとみんなぁ⁉」
・こうなると思ったよ俺《おれ》は
・宇宙は予想外だけど他は自分に入れると思ったぞｗ
・普通《ふつう》に我《が》が強い集まりなんだからこうなるだろｗ
・この場に全智がいなくて良かったなｗ

いやいやいや、まあ百歩譲《ゆず》ってプロちゃんとクラちゃんは何となく分かる。

プロちゃんは性善説で生きてるような人間だし、みんな好き的な意味合いで自分に入れたに違《ちが》いないし、クラちゃんは堕ちてるからそうなる。

宇宙さんに限ってはあり得ないし、ツナちゃんは何だかんだ逃げるだろと思ってたのに……私はまたみんなの意志の強さを見誤っていたみたいだ。

「花依が好きなのは我なのだ。だってあんなに優しくしてくれて抱きしめられたらもう答えみたいなもんなのだ」

「違うわね。花依さんはいつだってあたしを見てくれたもの。しいていうなら誰？　って聞いたらあたしのことを指差すに違いないわ」

「い、意外と私だったりぃ……!?　あはは……」

「フッ」

「「「むっ」」」

あ、宇宙さん面白いから乗ったな？　さては。

無表情冷徹《れいてつ》人間に見えて意外とお茶目《ちゃめ》なんだよねぇ……この人。エンタメ業界にいるだけある。

というか何この空気！！！

・最後にギスってんちゃうぞ！w
・ハーレム主人公みたいな立ち位置だなおい、って言おうと思ったけど何も間違《まちが》っちゃいなかった
・草

「ちょ、待てぃ！　私が好きなのは全員！　全員。おーけー⁉」

「それはズルいのだ！」

「そ、それはダメだと思いますよぉ……！」

「無しね」

三人からの猛攻撃《もうこうげき》を食《く》らった。なぜだ……。

私が愕然《がくぜん》としていると、更《さら》に追い討《う》ちをかけるように宇宙さんがニヤリと笑って言った。

「おや、花依琥珀ともあろう存在がお茶を濁して消えるんですか？　ふふ、まあそれでもワタシは構いませんがね」

「――はー？　濁さないが？」

はい、カチーンと来ました。

えーっと残りの尺は……十分ね。おーけー、やろう。

「じゃあ残り時間で私がどれだけみんなのことが好きなのか懇切丁寧《こんせつていねい》に解説入れて話すね。

よーいスタート」

・あ、まずいw
・煽《あお》り耐性《たいせい》低くてワロタw
・ぐっちゃぐちゃじゃねぇかwww
・なんだこれw

——こうして私たちの『学力王決定戦』は幕を閉じた。
……無理やり配信を切られるという伝説を残して。

12. 百合っぷる観察人のスレ

193：名無しの百合《ゆり》好き
で、学力王って結局誰《だれ》だよ

194：名無しの百合好き
>>193
触《ふ》れちゃいけないｗ

195：名無しの百合好き
もう散々議論しただろうが!!
運営に配信ぶつ切りされるなんて誰が信じられるか（白目）

196：名無しの百合好き

まあ、その話は置いておいて……
花依《はなより》の司会能力高くね？

197：名無しの百合好き
>>196
またハイスペックリストが更新されるなｗ

198：名無しの百合好き
あいつのＷｉｋｉだけ更新頻度《こうしんひんど》が異常なんよ

199：名無しの百合好き
配信の度《たび》にできること増やすのが悪い

200：名無しの百合好き
ラストにわちゃわちゃして終わるのも肥溜めらしくて解釈一致《かいしゃくいっち》やな

201：名無しの百合好き
てぇてぇというより面白い全開だったのがまた良い

202：名無しの百合好き
にしてもプロミネンスが参加表明しただけでも驚《おどろ》きだったのに、その前に一期生コラボ挟《はさ》むとは思ってなかったわw

203：名無しの百合好き
>>202
それな
不仲説とか提唱してたヤツは冷《ひ》や汗《あせ》だろうなw

204：名無しの百合好き
これだから憶測で判断するヤツは

205：名無しの百合好き

今ここに書き込《こ》んでるヤツも憶測信じてたんだろうな（ﾎﾟｿｯ）

206：名無しの百合好き
>>205
その技は俺に効く

207：名無しの百合好き
平和なようで良かったわ

208：名無しの百合好き
補習中やったけど隠《かく》れて見てた
学力王決定戦おもろかったわ

209：名無しの百合好き
>>208
補習中に書き込むな

……ん？　さてはお前百合っぷる観察人か？

210：名無しの百合好き
誰だよw

211：名無しの百合好き
説明しよう
百合っぷる観察人とは色んな鯖《さば》で百合妄想《ゆりもうそう》を至る所に書き込みまくる変態のことである
嘘松《うそまつ》なのはほぼ確定だが、妄想《もうそう》のクオリティが高いため結構なファンがいたりする

212：百合っぷる観察人
何でわかんねん
てか本当のことなんだが？？

213：名無しの百合好き
>>212

はいはい嘘乙《うそおつ》
で、今日の妄想は？

214：百合っぷる観察人
スレチな気がするんやが、人も落ち着いてきたし少し話すわ
適度な距離《きょり》感だけどお互《たが》いに全幅《ぜんぷく》の信頼《しんらい》を置いている美少女×ヤサグレ女子高生の親友百合があるんやがな？

215：名無しの百合好き
なんだそのキャラの濃《こ》さw

216：名無しの百合好き
んなもんあるかい！w

217：百合っぷる観察人

ワイの信条は如何《いか》にして百合に近づくことなく、知られずに百合を観測することなんやが事あるごとに美少女がワイのことを百合のダシにするために話しかけてくるんよ
あ、ちなみに言っておくけどワイはイケメンハイスペックやが、美少女に好かれてることは絶対にないから安心してくれ

218：名無しの百合好き
お前の嘘《うそ》スペックはどうでもいいからさっさと続きを話せ

219：名無しの百合好き
なんだその羨《うらや》ましい状況は

220：百合っぷる観察人
ワイが百合に近づくのは解釈違《かいしゃくちが》いやし、そんな自分が蛇蝎《だかつ》のごとく嫌《きら》いやねんけど、ワイが美少女と話すとな？
ヤサグレ女子高生がくっそ嫉妬《しっと》した表情見せんのよ

私今嫉妬してますよと言わんばかりのな
しかも美少女はそれを見て満足そうに笑うわけ
小悪魔《こあくま》にも程《ほど》があるわ!! でもそういう関係性も好き!!!
頼《たの》むからワイには関わらんといてクレメンス!!

221：名無しの百合好き
うわぁ、それめっちゃ良いな

222：名無しの百合好き
それ>>220が百合スキーだからこそ成り立ってるなw
ワンチャン美少女にお前の性癖《せいへき》バレてんじゃね？w

223：名無しの百合好き
湿度《しつど》高いのはええのぉ……

224：百合っぷる観察人

>>222
ワイが教室で百合ラノベをニチャニチャしながら読んでたの一回見られてるしワンチャンある

225：名無しの百合好き
草

226：名無しの百合好き
気まずそうで草

227：名無しの百合好き
親友百合って良いよなぁ……
その二人にしか分からない距離感っつーか、分かりあえてる奴《やつ》らにしか分からない形成された尊い空間というか……

228：百合っぷる観察人

それな
あとはワイに近づかなければ全て解決するんやけどな
たとえワイが美少女に生まれ変わったとしても、ワイ自身を百合として認識《にんしき》できんからスタンス変わらない自信あるわ

229：名無しの百合好き
>>228
お前がナンバーワンだよw

230：名無しの百合好き
覚悟《かくご》の仕方が常人のソレじゃねぇw

231：名無しの百合好き
お前の解釈《かいしゃく》どうなってんだよw

232：百合っぷる観察人

やっべ先生にスマホ見てんのバr

233：名無しの百合好き

草

234：名無しの百合好き

成仏《じょうぶつ》してクレメンス

235：名無しの百合好き

さらば百合っぷる観察人……

236：名無しの百合好き

あんな業の深い性癖持ってて恋愛《れんあい》とかできんのかな？

237：名無しの百合好き

すべてのおなごは百合に通ずるとか言い出して一生恋愛しなさそう

２３８：名無しの百合好き
>>237
解像度高くて草

13. 全智さんによる学力王決定戦同時視聴配信！

TS tensei shita watashi ga shozoku suru VTuber jimusho no liver wo zenin otoshiniiku hanashi

『学力王……決定戦ぇぇん!!』

「はじまった」

・こっちもはじまた！

・待ってた！

・ちょっとワクワクしてるなw

0期生、全智。

彼女《かのじょ》は肥溜《こえだ》め初となる箱イベントの『学力王決定戦』を同時視聴しながら実況《じっきょう》を行う配信をしていた。

普《ふ》段彼女《だんかのじょ》はアクティブに自ら動くことはほとんどなく、意志の強調がほとんどなかった。

だが全智は花依《はなより》に出会ったことで、自身の外側も内側も変わろうと決意し、自らを応援《おうえん》してくれているリスナーを楽しませるために今回の実況配信を行うに至った。

「実況ってなにすればいいいんだろう」

・適当に感想垂れ流しておけばおけ
・何か話すだけで楽しいぞ
・見ながら一緒《いつしょ》に楽しもうぜ、ってことだと思う
「なるほど。わかった。花依かわいい」
・早速《さつそく》かよw
・本当に忠実で結構w
・草
全智は早速己《おのれ》の心中をすべて詳《つまび》らかにすることに決め、視界に入った花依を褒《ほ》めた。

この女、明らかに絆《ほだ》されている（勝手知ったる事実）。

『はい、というわけで始まりました、『学力王決定戦』！　今回はね、肥溜めで誰が一番賢《かしこ》いかを決める大会ですが――まあ、普通にやったら当然私が勝つので司会に回されました。左遷《させん》です！』

「花依が勝つのは当たり前。むふー」
・なんでお前が得意気やねんw
・実際問題花依が一人勝ちしそうな雰囲気《ふんいき》はある
・花依が出題する問題なら当然全智も答えられるよなぁ？

「む、当たり前。花依の出す問題なら全問正解できる」

全智はリスナーからの安っぽい挑発《ちょうはつ》に呆気《あっけ》なく引っ掛《か》かる。

こと花依に関しては煽り耐性が一切《いっさい》ない全智である。なぜか彼女も問題に答えることになったけど仕方ないね。

「プロミネンス……宇宙《そら》……ツナマヨ……クラシー……そして花依」

画面内では各々《おのおの》が自己紹介《しょうかい》を披露《ひろう》しているのを見て、全智は少し羨望《せんぼう》の眼差《まなざ》しを向ける。

(もうすこし勇気があれば……あの場にわたしも立てたのかな)

ちょっと前までは家から出たいなんて微塵《みじん》も思うことがなかったのに、花依と出会って彼女は家の外のことにも目を向け始めた。

紛《まぎ》れもない大きな成長の一歩であるし、全智自身も、それが悪いことだとは思わなかった。

・キャラ濃いなぁw
・ツナマヨがちょっと珍《めずら》しく気合入ってるな。空回りしそうだけど
・宇宙とプロミネンスが一緒にいるだけで懐古厨《かいこちゅう》のワイは泣きそうや
『学力王決定戦』の本配信と同じようなコメントが全智の配信にも流れる中、全智は肥溜めのメンバーが一堂に会してるのを見て感慨深《かんがいぶか》く思った。

「随分《ずいぶん》と人が増えた。でも、騒《さわ》がしいのも、もうすき」

・あっ、あぁぁ

・急にてぇてぇをぶち込むな！

・くっそ……ああもうくっそ！

「どうしたの？」

全智はリスナーがなぜ悶《もだ》えてるのか分からずに首を傾《かし》げた。そういうところだぞ、と後々ツッコまれるのもお約束である。

『コメントにあるようになぜかリアルファイトに発展しそうな雰囲気ですが、とても盛り上がっていて素晴《すば》らしいと思います！　……はい、というわけで最低限の司会の役割を果たしたので、これから普通にやってくよ‼　盛り上がってるかー！　挑戦者《ちょうせんしゃ》どもーー！』

「おー……」

全智は腕《うで》を上げながら呟《つぶや》くように言った。

・お前はやるんかい！

・【速報】全智、協調性がある

・そしてプロミネンス以外はやらないというねw

・草

「わたしも、肥溜めの一員だから」

――全智は地味に気がついていた。

花依が自立を促《うなが》していることに。

よくよく振《ふ》り返ると、全智は自身が花依に依存《いそん》していることが薄っすら分かっていた。

そしてそれを花依が真に望んでいないことも。

（花依無しでも大丈夫？　むり）

とはいえ全智にとって花依は自分を変えてくれた恩人であるとともに、紛れもなく大切な人（意味深）そのものだ。

だからこそ、依存から脱却《だっきゃく》することは無理でも、せめて他のことにも目を向けようと決めたわけだ。

ちょっと前の全智なら「花依がやってたから」という理由でえいえいおー、を敢行《かんこう》しただろうが……というか正直その理由が大半を占《し》めているものの、全智は「肥溜めの一員だから」と評した。嘘はついていない。

これは成長である。……これは成長である！

・ええことというやん

・嘘はついてないんだろうけど花依がやってたからだろ
なお、リスナーにはちゃんとバレている模様。全智は形勢が悪くなり黙《だま》った。

『はい、それでは第一問目です。ちゃーらん。『48×72』は！　まあ、簡単な計算問題だね。お手元の端末《たんまつ》にお書きください！　――これくらいはぁ……解けるよねぇ？』

「３４５６」
・はっや
・嘘やん
・電卓《でんたく》で計算したら合ってた
「これくらいはよゆー」

全智は得意気に無い胸を張った。

「あと、花依かわいい」
・もうええねんｗ
・花依が好きなのは知ってるから
・はいはい、花依が好きねぇ
「べ、べつにちがうから」
・なんでそこは否定するんだよｗ

・可愛《かわい》らしいツンデレだなおい
全智にも一応羞恥心《しゅうちしん》は存在している。

主にそれが発揮されるのは花依のことについてだが、リスナーは百も承知なので問題ない。

「勉強は結構とくい」
・知識豊富だもんな
・漢字答えるゲームやった時も全問正解だったしな
・教養はあるんだよな、教養は
全智は24時間配信の中で企画《きかく》を立てることが多いが、その中でゲーム配信は割と行ったりする。

ほのぼのとしたゲームが大半だが、クイズ系のゲームをした際には彼女は無類の強さを発揮した。

読書をすることが多いのも原因にあるかもしれない。

「ふふ」

画面上ではプロミネンスが掛け算《ざん》を足し算と見間違《みまちが》えてミスをする場面が映っており、全智はその様子に小さく笑った。

笑うことが多くなったのも最近の変化である。
・掛け算と足し算をどうやったら間違えるんじゃw
・アホ面《づら》してて草
『それでは続いての問題は……こちら！　ちゃーらん！　『(-6)+5』は！　はい、こちらも数学分野ですね。解けるかな～？』

「-1」
・はやいて
・まあ、これは普通に分かる
・いやでもプロミネンスは無理だろw
「どうだろう。もしかしたら正解する、かも」

全智は花依と頻繁《ひんぱん》にメッセージをやり取りするが、その中でプロミネンスに勉強を教えているということが分かっている。

努力する人は全智も好きだ。なぜなら花依こそが努力を体現した人間だからだ。

そのため、プロミネンスを擁護《ようご》する発言をした――直後の正解発表で、見事にプロミネンスが正解を果たした。
・おおお！　まじか！w

・ほんまに正解しとるやんけｗ
・みんな祝福してるし全智含《ふく》めみんな信じ切ってるのええなぁ
・肥溜めの絆《きずな》か……
「おめでとう」

当然のように全智もプロミネンスを純粋《じゅんすい》な気持ちで祝福する。その声音《こわね》には一切の混じり気のない純粋な好意だけが含まれている。

『はい、てぇてぇてぇてぇ。これ以上は私の涙腺《るいせん》が保たないので次に行っちゃいます。第三問目！　『早急《さっきゅう》。重複。雰囲気。それぞれの漢字の読みを答えよ』……ということで、国語の問題だね。普段《ふだん》コメント読んだりしてる私たちならいけるかな？』

「さっきゅう、ちょうふく、ふんいき。よゆー」
・相変わらずの速さ
・得意気全智かわいいなｗ
・ヤバい、俺全部ミスってた
・読み間違え多い漢字シリーズやな
「こういうのは、漢字の意味から考えればわかりやすい」

全智は得意気にアドバイスまでも披露してみせる。ここまで調子づいている彼女は珍しいものの、箱イベの配信で全智自身も気づかぬほどに盛り上がっているのだ。

「はやく、ふくじゅう……うん」

・おい貴様何を考えたｗ
・大概煩悩《たいがいぼんのう》多いんだよなｗ
・なんの「うん」だよｗ

☆☆☆

『続いての問題は超《ちょう》高難易度問題です！　もし分かったら手を挙げてすぐ解答していいよ！』

「ふふん、よゆー」

漢字の読み方以降の問題もノータイムで答えた全智は、非常に調子に乗っていた。

実はこの配信のアーカイブを花依に見せて褒めてもらおうという画策をしていた彼女は、正解することでその目的を果たそうとしていた。

・まあ、全智なら答えられそうか
・高難易度の程度にもよるけど、いけるやろ

・順調やな

『問題です！　ちゃーらん！　『ある時点において作用している全ての力学的・物理的な状態を完全に把握《はあく》・解析《かいせき》する能力を持つがゆえに、未来を含む宇宙の全運動までも確定的に知りえる、という超人間的知性《ちようにんげんてき》のことを何と呼ぶか答えよ』。はい、分かる人いますかー？』

「…………………」

・あっれれぇ？　余裕《よゆう》って言ってませんでした？

・急に黙ったなw

・さっきまでの勢いはどうしたw

・こんなの分かるわけないやんw

・誰も答えられないでしょw

「だ、だれもダメだったらノーカン」

『ラプラスの悪魔《あくま》』

『せ、正解……』

・ふぁーw

・何でわかるんだよw

・誰もダメじゃなかったねぇｗ
・はい、カウント
・ワロタｗ
全智はリスナーからの総攻撃《そうこうげき》を受けて沈《しず》んだ。

花依からの問題を答えられなかった……というガチへこみである。相変わらず花依に向ける矢印が大きい。

「むぅ……あとでしらべる」
・真面目か！ｗ
・いや真面目なんだよな、普通《ふつう》に
・意外と頑固《がんこ》やからな
自身よりリスナーのほうが性格を熟知しているのも、全智リスナーの特徴《とくちょう》である。

『はい、というわけで次の問題に行こうと思いますが、次からの問題はちょっと特殊《とくしゅ》で……こちらになっております！』

『これから解答者には、肥溜めライバーに関する問題に答えてもらおうかな、と思います！』

「学力王……？」

・宇宙と同じこと言ってるｗ

『宇宙さん、良い質問！　今まで皆《みな》さんには教養とか一般《いっぱん》常識について答えてもらいましたが――我々ＶＴｕｂｅｒにとっての一般常識は……そう！　同期や先輩《せんぱい》、そしてこの箱に関することと言えるでしょう！』

『そうなのだ？』

『そ、そう言われれば……？』

『言　え　る　で　しょ　う　！』

・押《お》し切るなｗ

・言えるでしょう！　じゃなくてｗ

「強引《ごういん》な花依も……いい」

・あー、うん、せやな！

・そう言うと思ったよ

・てぇてぇです

・強引な花依が良いんじゃなくて、花依に強引にされたい、の間違《まちが》いやろ

・なんか全智の解像度やけに高いやついない？

一般全智古参リスナーは誰《だれ》しもが高い解像度能力を有するが、全智はすべて無自覚無意

識なので首を傾げて終わりである。当たってるのに。
『それでは早速問題です！　ちゃーらん。『肥溜めに採用するライバーの基準とは何か』。
これは社長のセリフが有名だね』
「わたしは頭おかしくない」
・お前が代表なんよ
・24時間配信とかいう異次元なことしてる自覚持ってください
・よっ、肥溜め代表
・答えと否定を同時に言うとは器用なw
全智のスタンスは傍《はた》から見ればかなり頭がおかしいと思われるが、全智自身はライバーになってからずっと変わらない習慣である。

そのため、24時間配信が他からどう見られているかを理解していない。

『やっぱりプロちゃん抱《だ》きしめて良い？』

『は、恥《は》ずかしいから今はダメなのだ』

『そう言われても、します』

そしてリスナーが全智に総ツッコミしてる間に、画面上では花依がプロミネンスに抱きついていた。

それを見て全智は堪《たま》らずムッとした表情で、

「ずるい」

と呟いた。

ただし、そこにプロミネンスに対する悪意は無く、状況《じょうきょう》に対する羨望のみだ。
・てぇてぇな
・かわいいかよ
・これこれ
・最高
リスナーも同様に語彙《ごい》力を失くし、一様に滂沱《ぼうだ》の涙《なみだ》を流していた。こいつらもこいつらである。

「わたしも花依に抱きつきたい」
・おう、しろしろ
・喜んで飛びつくぞ、あいつなら
・捗《はかど》りますわ

——そしてついに、

『じゃあ次の問題にいっくよー！　はい、こちら！　『0期生、全智の総配信時間を答えよ』。ちなみに私は秒で答えられたりします。みんなの配信時間も把握してる私にかかれば余裕の問題ですねぇ～。みんなも余裕だよね？』

「――――っ」

――全智に関する問題が出題された。

その言葉を聞いて、全智は驚愕《きょうがく》して目を見開いた。まさか自分に関する問題が出されるとは夢にも思わなかったからだ。

・お、まじか！
・全智に関する問題やん
・これ本人が一番分からない説あるぞw
・己《おのれ》のことに無頓着《むとんちゃく》やからな

コメント欄が盛り上がる中、全智は胸中に若干《じゃっかん》の不安と恐怖《きょうふ》を抱《かか》えていた。

花依は受け入れてくれた。でも他の人は違《ちが》うかもしれない。

自分がどう見られているか、というのは誰しもが気になり、何らかの不安や恐怖が植え付けられるものだ。

全智はそれに直面している。

画面を塞《ふさ》ぎたくなるような衝動《しょうどう》に駆《か》られる全智……花依と出会う前ならば間違いなく画面を塞いで聞こえないようにしていた。

しかし、今は違う。


――少しずつ時が進み、答えが発表される。

正解した宇宙が、当たり前のように話す。

『ワタシは彼女の頑張《がんば》りをずっと見てきました。それこそデビューする前より。……24時間配信なんて正気の沙汰《さた》ではありませんし、一ヶ月も続けば良い方でしょうと。――ですが、彼女は今の今までそれをやり遂《と》げてきました。素晴らしい。初志《しょし》貫徹《かんてつ》とはまさしく彼女のためにある言葉でしょう。そんな尊敬しているセンパイの配信時間など把握してるに決まっています』

「あっ……」

その言葉に嘘っぽさは一切なかった。

それは全智が宇宙の正体を知っていることも関係しているが……だからこそ、その頑張りを褒められたことが何よりも嬉《うれ》しかった。

『だよね。めっちゃ分かるよ宇宙さん。全智さんは本当にずっと頑張ってきたし、ずっと努力し続けてきたんだ。……というわけでこれから小一時間語るけど良い？』

続けて発せられた花依《親愛なる人》の言葉も、全智は嬉しくて仕方なかった。

「ふふふ……ふふ」

・アッ（二回目）

・はい、浄化《じょうか》されてきまーす……あぁぁぁぁあ!!

・てぇてぇよおおお！！！

・むっちゃ嬉《うれし》しそうやん!!　そりゃそう!!

・最高の言葉じゃねぇか。泣くぞ

リスナーも我《わ》が事のように喜ぶ光景は、全智にとって素晴らしい景色でしかなかった。

美しい景色と、じんわり温かいものが全智の中に広がっていく中で——『学力王決定戦』は最後の問題を迎《むか》えた。

『最後の問題はこちら！　『花依琥珀《こはく》が一番好きなライバーは誰か』。言っておくけど私が考えたわけじゃないので文句は運営に言ってください、ハイ』

「これはわたし。誰がなんと言おうとわたし。掃除《そうじ》してくれたし料理教えてくれたしこんなのわたしのこと好きじゃないと絶対できないしそもそもしないと思う。楽しいことも嬉しいことも少し苦しいことも花依は教えてくれたし、甘《あま》やかしてくれたし一緒に寝《ね》てくれたし。あとだれよりもコラボしてるしわたしが花依にめろめろなのと同じように花依もわたしにめろめろだと思う。だって可愛いって言ってくれたもん。みんなもそう思う。間違いない」

・そういうとこだぞ

最後は全智がリスナーをドン引きさせて終わる――。

最新コメン
ええ…
てぇてぇ？
草
わかったわ
そういうとこ
草
ええ…
草

あとがき

この度は拙作『TS転生した私が所属するVTuber事務所のライバーを全員堕としにいく話』の二巻を手に取っていただき誠にありがとうございます。

ありがたいことに第一巻のご感想などをちらほらSNS等で見かけましたが『てぇてぇ』『主人公に好感が持てる』などのお褒めのお言葉をいただき大変励みになっております。

やっぱりてぇてぇは世界を救うんですよね、間違いありません。

実は本作を手掛けた際に、『果たしてTSした元男と美少女との絡みは百合と言えるのか？』という問題にぶち当たりました――が、じゃかあしい！　てぇてぇならええんじゃい！　ということで乗り切りました。

読者の皆様にも、そのてぇてぇの波動をしっかり感じていただいているようで何よりです。

――さて、今巻ですが、新キャラ『プロミネンス』ことプロちゃんと『宇宙』こと宇宙さんが物語に大きく関わりました。

お二人の姿（Vとして）のイメージは何となくしていたのですが、本作のイラストレーターであるほまでり様からキャラデザが届いた時はもう、すこぶる可愛いし想像を超えた可愛さで悶絶していました（ボキャ貧）。

プロちゃんは無邪気な感じの可愛さが表情でしっかり表現されているし、宇宙さんは怜悧な感じと『ふつくしい……』と思わず言ってしまうデザインです。

リアルのお二人のイラストも勿論めっちゃ可愛い。略してめっかわです。お団子頭とパンツスーツスタイルのキャリアウーマンが私は好きです。

話を戻しまして……一巻では花依が主体となって全てを救ってやる！　でも推したちも努力してる！　私も頑張る！　のようなスタイルだったのに対して、今巻では控えめ（当社比）に手助けをしながら、成長と覚悟を促すというスタイルで話が進みました。

どちらかというと救いではなく、気づきを与える。それが最善だと花依は判断したんですね。

それでも変わらないのは花依の『堕とす』という魂に刻まれた目標。

今巻でも楽しんでいただけたらと存じます。

それでは謝辞を。

本作を出版するにあたって、素晴らしいイラストの数々を描いてくださったイラストレーターのほまでり様。大変お世話になりました担当編集さま。

この場を借りて心より感謝を申し上げます。

読者の皆様におかれましては、またお会いできることを心より願っております。

HJ文庫 https://firecross.jp/
1207

TS転生した私が所属するVTuber事務所のライバーを全員堕としにいく話 2

2025年1月1日　初版発行

著者――恋狸

発行者―松下大介
発行所―株式会社ホビージャパン

〒151-0053
東京都渋谷区代々木2-15-8
電話　03(5304)7604（編集）
　　　03(5304)9112（営業）

印刷所――大日本印刷株式会社

装丁――木村デザイン・ラボ／株式会社エストール

Printed in Japan

ISBN978-4-7986-3722-8　C0193